검의 계승자

2
빼앗긴 이름

Onikiri no Ko (2) Ikai ni Kakusareta Shojo
Text copyright ⓒ 2023 by Tsuzuko MIKUNI
illustration copyright ⓒ 2023 by OKU
First published in Japan in 2023 by Asahi Shimbun Publications Inc.
Korean translation rights arranged with Asahi Shimbun Publications Inc.
through Shinwon Agency Co.
Korean edition copyright ⓒ 2024 Garamchild

검의 계승자 ②
빼앗긴 이름

2025년 1월 31일 초판 발행

글 미쿠니 쓰즈코 | 그림 오쿠 | 옮김 고향옥

기획 이성애 | 편집 한명근 | 교정·교열 권혜정
마케팅 한명규 | 디자인 김성엽의 디자인모아

발행처 ㈜가람어린이

출판등록 2002년 9월 16일 제2002-000291호
주소 경기도 고양시 덕양구 삼원로 63, 1015호
전화 02-323-2160 | 팩스 02-6008-2150
전자우편 garambook@garambook.com
블로그 blog.naver.com/garamchildbook
인스타그램 instagram.com/garamchildbook
X(트위터) twitter.com/garamchildbook
유튜브 가람어린이tv
카카오톡 채널 가람어린이출판사

ISBN 979-11-6518-354-7 (73830)

검의 계승자

② 빼앗긴 이름

미쿠니 쓰즈코 글

오쿠 그림 │ 고향옥 옮김

가람어린이

차례

등장인물

기사라기 다이고

초등학교 6학년. 요괴와 싸우는 관문지기
가문의 후손으로, 요괴를 벨 수 있는 양날검인 '신검'의 계승자.
요괴에게서 인간을 지키기 위해 강해지고 싶어 한다.

우타키

이계를 지키는 관문지기. 요괴와 마찬가지로
육체 없이 주술로만 형체를 유지하는 존재.
다이고와 함께 요괴에 맞서 싸운다.

노노무라 루이

다이고의 단짝 친구.
다이고와는 떼려야 뗄 수 없는
사이이며 두뇌파 소년이다.

가지 오타로

다이고의 사촌 형.
대학원에서 민속학 연구를
하는 '요괴 덕후'이다.

미카게 마시로

고등학교 1학년 여학생.
초등학생 때
행방불명된 적이 있다.

1장

술래잡기

"쳇, 해 보지도 않고 어떻게 안다는 거야?"

소년이 화를 이기지 못하고 주먹을 꽉 쥐자 손톱이 손바닥을 파고들었다. 참을 수 없는 분노 때문인지 순간적으로 주변의 사물이 흐릿하게 보였다. 옆에서는 상급생들이 뭐가 좋은지 자기들끼리 신나게 웃고 떠들어 대고 있었다. 냅다 달려들어 발길질이라도 해 주고 싶었다.

"으아아악! 다 싫어! 다들 못돼 처먹었어!"

소년은 돌멩이를 집어 들어 있는 힘껏 던졌다.

'맨날 이래! 어리다고 시합에 끼워 주지도 않는 법이 어딨어? 그 형만 있었다면…… 이런 일은 없었을 텐데!'

주먹 쥔 손을 부르르 떨며 고개를 푹 수그렸다. 그러자 발밑에서 보랏빛 안개가 스르르 피어났다. 비릿한 냄새도 함께.

"그 형 찾으러 가자."

웬 목소리가 말을 걸었다. 놀라서 주위를 둘러보았지만 아무도 보이지 않았다.

"뭐야? 누가 말한 거지?"

"너…… 크게 해 준다."

10

"앗!"

언제 어디서 나타났는지 한 쌍의 눈이 바로 앞에 동동 뜬 채로 소년을 보고 있었다.

"크게 해 준다…… 네 이름 내놔라……."

왠지 머릿속이 몽롱해졌다. 대답할 생각이 없었는데 입이 멋대로 움직였다.

"내 이름은……."

소년은 순순히 이름을 말했다.

그 순간 요괴는 소년의 왜소한 몸을 손에 넣었다.

하나

강해지고 싶은 마음

★

기사라기 다이고는 허공에서 떨어지고 있었다.

초등학교 6학년 아이가 낙하산도 없이 하늘에서 떨어지는 것은 보통은 있을 수 없는 일이다.

하지만 다이고는 평범한 초등학생이 아니었다.

"으아아아아아아아악!"

눈물을 글썽이며 목이 터져라 비명을 지르는 다이고의 허리춤에서 원숭이가 새겨진 '신검'이 번쩍 빛났다.

어느 날 우연히 요괴들이 사는 이계에 발을 들여놓은 다이고는 관문지기 가문의 후손으로, 이 양날검의 계승자로 선택받았다.

요괴와 싸우는 관문지기, 그중에서도 요괴를 베는 검을 쓸 수 있는 단 한 사람이 바로 '검의 계승자'다.

그리고 지금 다이고는 어마어마한 몸집의 요괴와 맞서 싸우고 있었다. 다이고를 머리 위로 냅다 집어 던진 요괴는 땅으로 떨어지는 다이고의 바로 아래에서 입을 쩍 벌리고 기다리고 있었다. 괴이하기 짝이 없는 요괴의 입에는 송곳니가 세 겹이나 겹쳐서 돋아 있었다. 그 입안으로 떨어진다면 다이고는 가루가 될 게 분명했다.

"으아아악! 살려 줘!"

요괴의 입으로 떨어지기 직전, 갑자기 강한 힘이 야구 방망이로 후려치듯 다이고의 옆구리를 때려 냅다 튕겨 냈다.

"우왓!"

요괴의 입을 향해 떨어지던 다이고는 직각을 그리며 옆으로 날아갔다.

난데없는 방해꾼에게 사냥감을 빼앗긴 요괴는 다이고를 쳐서 떨어뜨릴 생각으로 거대한 손을 휘둘렀다.

운동장처럼 널찍한 요괴의 손바닥이 다이고의 눈앞으로 곧장 날아왔다.

"으아아악!"

다이고는 눈을 질끈 감으며 비명을 질렀다.

휙!

요괴의 손바닥에 닿기 직전, 또다시 보이지 않는 힘이 다이고의 방향을 홱 틀어 놓았다.

"아으이씨으갸갸갹!"

뭐라 말로 표현할 수 없는 괴성을 지르면서, 다이고는 기세 좋게 날아가는 홈런 볼처럼 멀리 날아갔다.

그렇게 날아가 처박힌 곳은 삿피 마을 신사를 둘러싸고 있는 숲이었다.

다이고는 숲속의 커다란 참나무에 거꾸로 대롱대롱 매달리고 말았다.

"쯧쯧, 그러게 적당히 좀 하라니까."

까마귀 가면을 쓰고 검은 깃털로 짠 도롱이를 어깨에 걸친 소년이 허공에 둥둥 떠서 다이고를 한심하다는 듯이 내려다보며 혀를 찼다.

다이고가 우연히 이계에 넘어갔다가 만난 이 소년의 이름은 우타키.

우타키는 이계를 지키는 관문지기다. 육체가 없으며 요괴와 마찬가지로 주술을 쓸 수 있다. 까마귀 가면 안에서 반짝이는

노란 눈동자를 다이고는 원망스럽게 올려다보았다.

"야, 우타키…… 너 사람을 공처럼 멋대로 쳐 내면……."

"그게 다 너 때문이다. 혼자서 요괴와 싸울 수 있다며 맡겨 달라더니…… 검은 왜 안 쓰는 거지?"

"나도 주술로 공격하고 싶단 말이야."

입술을 삐죽거리는 다이고를 보며 우타키가 못 말린다는 듯 한숨을 내쉬었다.

"고집 좀 그만 피워. 주술은 포기하고 너는 검에만 집중해라."

"아니, 절대 포기 안 할 거거든! 나도 너처럼 엄청난 주술을 쓸 수 있게 훈련해서, 세계 최강의 계승자가 될 거라고! 두고 봐, 그래서 온몸을 주문으로 뒤덮을 테니까!"

다이고는 지지 않고 쏘아붙이면서, 우타키의 팔을 감싸고 있는 신비로운 무늬를 가리켰다.

'주문'은 마력을 지닌 자의 몸에 나타나는 무늬이다. 피부에 주문이 또렷이 새겨진 우타키와 달리 다이고의 몸에는 주문 같은 건 전혀 보이지 않았다.

다이고는 말을 이었다.

"그리고 네가 말했잖아, 난 반인반귀라고. 그래서 마력을 쓸 수 있다며."

다이고는 관문지기 가문의 후손이다. 예로부터 요괴에게서 인간을 지켜 온 관문지기들은 인간과 요괴의 피를 잇는 신비로운 존재다. 요괴는 마력을 갖고 있으니, 관문지기의 피를 이어 받은 다이고 역시 이미 태어날 때부터 마력을 지니고 있다는 뜻이다.

"그런데 왜 나는 마력을 쓸 수 없다는 거야? 그건 말이 안 되잖아!"

다이고는 나뭇가지에 걸린 채 팔다리를 버둥거리며 사정없이 몸부림을 쳤다.

우타키는 머리가 지끈거리는지 한 손으로 이마를 짚었다.

"잘 들어라, 다이고. 너는 검의 계승자로서 마력보다는 검을 쓰는 법을 먼저 익혀야 한다. 계승자란 모름지기 검과 일심동체이며……."

우타키의 지루한 설교가 시작되자 다이고는 몸을 비틀어 나뭇가지에서 빠져나왔다. 휘릭, 공중에서 반 바퀴를 돈 다이고는 거대한 바위 위로 가볍게 내려섰다.

바위 한가운데에는 금이 가 있고, 그 둘레에 금줄이 둘러져 있었다.

"내가 마력을 못 쓰면 관문지기석은 영영 갈라진 채로 있어야 할 텐데, 그래도 괜찮아?"

삿피 마을 신사를 둘러싼 숲속에 자리 잡은 거대한 바위. 삿피 마을 사람들은 '수호 바위'라고 부르고, 우타키와 요괴들은 '관문지기석'이라고 부르는 이 바위는 요괴가 사는 이계와 사람이 사는 인간 세계의 경계를 지키고 있다. 그동안 이 바위가 든든히 버티고 있어 준 덕분에 요괴는 인간 세계를 쉽사리 넘보지 못했다.

하지만 어느 날 바위는 누군가에 의해 둘로 갈라졌다. 그 일로 경계가 흔들리면서 다이고는 이계로 넘어가 헤맸고, 그 틈을 타서 요괴 몇 마리가 인간 세계에 침입하고 말았다.

우타키가 긴급히 손을 써서 임시로 바위를 붙여 놨지만, 지금 결계는 간신히 유지만 되고 있을 뿐이었다. 언젠가는 튼튼한 새 바위를 찾아 결계를 새로 만들어야 한다. 그것도 검의 계승자인 다이고의 손으로 직접.

쿠웅…… 쿠웅…….

땅을 뒤흔드는 거대한 발소리가 점점 가까워졌다. 다이고를 노리던 요괴가 성큼성큼 다가오고 있었다.

"요괴를 이계로 돌려보내는 신검. 이걸 사용할 수 있는 건 나뿐이야."

다이고는 검을 내려다보며 중얼거렸다.

"게다가 이계에 있던 요괴가 인간 세상에 넘어온 건 내 탓이기도 해. 그래서 난 결심했어……."

다이고는 턱을 쓱 치켜들었다.

"나는 반드시 강해진다!"

말이 떨어지기 무섭게 거대한 요괴가 아름드리나무들을 툭 툭 부러뜨리며 모습을 드러냈다.

잽싸게 관문지기석에서 뛰어내린 다이고는 탁 트인 벌판을 향해 달렸다. 요괴가 나무에 방해받지 않고 거침없이 날뛸 수 있는 곳으로. 다이고가 의도한 대로 요괴는 곧바로 뒤쫓아 와 손을 높이 쳐들었다.

"좋아, 걸려들었어! 지금부터 내 무시무시한 힘을 보여 주마, 이 요괴 녀석아!"

전속력으로 달리던 다이고는 흙먼지를 일으키며 갑자기 멈춰 서서 뒤를 홱 돌아보았다. 그런 다음 그대로 버티고 서서 두 손바닥을 요괴를 향해 펼쳤다.

"울트라 은하계 마력, 발사아아아아!"

다이고의 기세에 눌린 요괴는 멈칫하며 엉겁결에 두 팔을 굽혀 가슴을 막고 방어 자세를 취했다.

"흠……."

순간 정적이 감돌았다.

아무 일도 일어나지 않았다.

"실패!"

천연덕스럽게 손가락으로 V자를 만들어 보이며 혀를 쏙 내미는 다이고의 머리 위로 요괴의 바위 같은 주먹이 떨어지려는 찰나…….

'거참 훌륭한 솜씨네.'

다이고의 머릿속에서 비웃음 섞인 우타키의 목소리가 울려 퍼졌다.

등이 따뜻해지는 감각으로 다이고는 우타키가 자신의 몸 안으로 들어온 것을 알 수 있었다.

'지금부턴 내가 처리한다. 잘 봐 둬라.'

이제 다이고의 몸을 움직이는 건 우타키다. 다이고의 의식은 그대로 남아 있지만, 몸은 우타키가 조종하는 대로 움직인다.

머리 위로 떨어지는 거대한 주먹을 날쌔게 피한 다이고, 아니 우타키는 그대로 땅을 박차고 요괴의 머리 위로 높이 날아올랐다.

'강해지고 싶은 마음을 모르는 건 아니다. 다만…….'

우타키가 조종하는 다이고의 손이 허리춤의 검을 뽑았다.

위에서 내려다보자, 요괴는 허공으로 모습을 감춘 다이고를 찾아 열심히 두리번거리고 있었다.

'너에게는 이미 힘이 있다는 걸 잊지 마라.'

허공에 뜬 채로 요괴를 향해 검을 겨누는 다이고.

그 몸을 우타키의 마력이 감쌌다.

잠시 뒤 다이고의 몸은 시위를 떠난 화살처럼 튕겨져 나갔다.

요괴를 향해 일직선으로.

그리고 손이 검을 휘둘렀다.

거대한 요괴의 몸은 뒤통수에서부터 둘로 쪼개졌다.

좌우로 갈라져 무너져 내린 요괴는 파르스름한 불길에 휩싸였다. 이제 요괴는 이계로 돌아가게 된다.

'일단 검에 집중해라, 다이고.'

다이고의 몸 안에서 우타키의 마력은 더욱 강해진다. 웬만한 요괴는 감히 맞설 엄두조차 낼 수 없을 정도로.

그 옆에서 함께 싸우는 다이고가 우타키의 강한 힘을 동경하는 것은 당연했다. 다이고는 우타키를 따라잡고 싶었다. 아무리 강한 요괴와 맞서더라도 꿈쩍하지 않을 힘을 지니고 싶었다. 지금처럼 도움을 받는 처지가 아닌, 함께 등을 맞대고 싸우는 대등한 동료가 되고 싶었다.

'역시 우타키 같은 강한 마력이 필요해. 나도 꼭 손에 넣고야 말겠어!'

우타키의 활약을 보며 다이고는 새삼스레 다짐했다.

푸른 불길에 휩싸인 요괴의 몸에서 젊은 남자가 흐물흐물 떨어져 나갔다.

인간의 어두운 마음에 달라붙는 요괴는 그 육체를 빼앗아 마력과 지력이 더 강해진다.

어둠이 깊을수록 요괴의 힘은 더욱 강해진다.

이번에 요괴가 달라붙은 이 남자는 택배 일을 하는 청년이었다.

다이고의 신검은 몸을 빼앗은 요괴만 베어 이계로 돌려보낼 뿐, 인간에게는 상처를 입히지 않는다. 그러면서 인간의 마음속 어둠도 함께 떨쳐 낸다.

그렇지만 한 가지 성가신 점은, 검을 쓰는 다이고는 그 인간의 어둠을 볼 수밖에 없다는 것이다.

이번에도 어김없이 거무칙칙한 빛을 띤 무언가가 스르르 검을 타고 올라왔다. 그것은 슬라임처럼 물컹물컹 움직이면서 검을 쥐고 있는 다이고의 손을 타고 팔로 기어올랐다.

'또 어둠이⋯⋯!'

어둠이 온몸을 감싸면서 눈앞이 깜깜해졌다. 다이고는 필사적으로 버텼지만 소용없었다.

"뭐야, 또 집에 없는 거야?"

어둠 속에서 청년의 모습이 보인다. 청년은 신경질적으로 중얼거리며 현관문을 노려보고 서 있다.

"사람이 정말 상식이 없네. 오늘 다시 배달해 달라고 할 때는 언제고⋯⋯."

선배에게 강제로 떠맡은 물품은 '냉장 보관' 딱지가 붙은 신선 식품이다. '절대 문 앞에 두고 가지 말 것! 직접 배송!'이라는 강한 요구 사항이 붙어 있어서 문 앞에 두고 갈 수도 없다.

벌써 몇 번째 헛걸음을 했지만 이번에도 '부재중 방문' 스티커를 문에 붙여 놓고 돌아가는 수밖에 없다. 요구 사항을 무시하고 그냥 문 앞에 두고 갔다가는, 이 안에 든 게 얼마나 비싼 물건이든 물어내야 할 수도 있으니까.

끔찍하게 무거운 택배 상자를 들고 다시 계단을 내려가 트럭에 실을 생각을 하니 아찔해진다. 언제나 얄밉게 구는 선배는 이번에도 비웃듯이 히죽거리겠지.

"에잇, 무슨 5층짜리 빌라에 엘리베이터도 없냐고! 그럼 이렇게 무거운 물건은 시키지 말든가!"

투덜거리다 그만 손에 들고 있던 택배 상자를 떨어뜨리고 만다. 상자는 발등에 쾅 떨어진다.

"으아아악!"

발등의 뼈가 부서진 게 아닐까 싶을 정도로 아프다. 그렇잖아도 몰상식한 고객 때문에 짜증이 쌓였던 터라 결국 울화통이 폭발하고 만다.

"아이씨……! 제기랄!"

몸을 구부린 채 발등을 감싸쥐고 있는 청년에게 불길하게 흔들리는 작은 그림자가 다가온다.

"어?"

청년이 놀라서 고개를 들자 그림자는 그 눈을 지그시 들여다본다.

"너의 이름…… 내놔라."

그림자의 눈에 홀린 듯 청년은 아무런 저항 없이 자신의 이름을 말한다.

"도무라…… 마코토."

흔들리는 그림자는 요괴다.

이름을 빼앗아 인간의 몸을 차지하는 존재.

택배 기사 도무라 마코토는 이름을 말한 즉시 요괴에게 몸을 빼앗기고 만다.

'다이고!'

우타키가 부르는 소리에 다이고의 의식은 어둠에서 천천히 빠져나와 현실 세계로 돌아왔다.

"괜찮아, 별로 대단한 어둠은 아니었어."

다이고는 중얼거렸다.

인간의 마음속에 깃든 어둠과 대면함으로써 다이고의 마음은 요괴에 씐 사람의 분노나 슬픔을 마치 자신의 일인 것처럼 경험한다. 초등학생인 다이고에게는 너무나 버겁고 고통스러운 일이다.

우타키는 다이고를 통해 어둠을 언뜻 볼 뿐이다. 결국 검의 계승자인 다이고 혼자서 어둠을 온전히 감당할 수밖에 없다.

그럼에도 다이고에게 우타키의 존재는 큰 힘이 되어 주었다.

'난 혼자가 아니야.'

마음이 어둡게 가라앉을 때마다 우타키를 생각하면 든든하고 위로가 되었다.

수상한 돌 조각

★

"뭐야, 이 녀석 이렇게 작았어?"

다이고는 요괴를 보고 깜짝 놀랐다.

불길에 휩싸였던 요괴는 거짓말처럼 작아져 있었다. 그렇게 거대했던 몸집이 이제 난쟁이처럼 줄어들어 겨우 다이고의 허리께에 닿을락 말락 했다.

'흐음, 이해할 수가 없군.'

우타키가 중얼거렸다.

"이해할 수 없다니, 뭘?"

다이고가 물었다.

'아무리 육체를 얻었다 해도 이런 꼬마 요괴가 그만큼 커지는 건 있을 수 없다. 놈이 육체를 빼앗은 인간도 마력을 키울 만큼

깊은 어둠을 가진 건 아니었는데. 대체 어떻게 몸집이 그렇게 커진 거지…….'

불길이 다 사그라지고 꼬마 요괴가 이계로 돌아가자, 무언가가 청년의 손에서 떨어져 바닥으로 굴러떨어졌다.

다이고는 허리를 숙여 그것을 내려다보았다.

"응? 이게 뭐지? 돌인가? 초록색이네."

'비취라는 거다.'

콩알만 한 크기의 비취 조각을 다이고가 손가락 끝으로 조심스럽게 집어 들었다.

대리석 무늬를 닮은 비취는 초록색에 흰색을 부드럽게 끼얹은 듯한 오묘한 빛깔을 내고 있었다. 매우 아름다웠다.

"어, 여길 봐. 끝부분이 갈라져 있는데? 어딘가에서 부서진 조각 같아."

'이 돌 안에…… 마력이 깃들어 있다.'

"에? 돌도 마력을 갖는다고?"

다이고는 조금 놀라서 비취 조각을 이리저리 돌리며 더 자세히 들여다보았다.

'아마 이걸 지니고 있던 주인의 마력이 옮아 갔든, 아니면 누군가가 마력을 불어넣었든 했겠지. 어쨌거나 돌의 주인은 매우 강한 힘을 가졌을 것이다. 꼬마 요괴가 그렇게 커질 수 있었던 건 이 돌 때문이니까.'

우타키가 설명했다.

"그럼, 그 요괴가 이 돌을 누군가한테서 받았다는 거야?"

'누구한테서 받았든, 아니면 주웠든 했겠지. 그런데…….'

다이고의 손이 입을 감쌌다. 이것은 우타키가 생각에 잠길 때 나오는 버릇이란 걸 다이고는 최근에 알게 되었다.

우타키가 더 이상 말을 잇지 않자, 다이고가 입을 열었다.

"근데 말이야, 요괴는 빛을 싫어하는데 이 녀석은 어떻게 이런 대낮에 당당하게 돌아다닌 거지? 요괴가 빛에 익숙해진 건가? 인간 세계에 오래 있다 보면 그럴 수도 있잖아."

'이 돌의 힘을 생각하면 그것도 틀린 생각은 아니겠지.'

"어? 여기 무슨 무늬가 있어. 이게 뭐지?"

다이고는 비취 조각을 유심히 들여다보며 무늬를 손으로 쓸어 보았다.

줄무늬 같은 게 새겨져 있었지만, 이 조각만으로는 무슨 무늬인지 알 수 없었다.

"오타로 형한테 물어봐야겠다. 형이라면 알 수도 있어."

다이고의 사촌 형인 오타로는 민속학을 공부하는 대학원생으로, 다이고에게는 친형이나 다름없다. 오타로는 요즘 삿피 마을의 요괴 전설을 연구하기 위해 다이고의 집에서 지내고 있다.

"자, 그럼 이 사람을 마을로 옮겨 볼까?"

다이고가 쓰러져 있는 남자를 보며 말했다.

'잘 자고 있는데 그냥 내버려둬도 되잖아. 오지랖이 넓으면 손발이 고생한다.'

우타키가 뭐라고 하든, 다이고는 도무라 마코토를 훌쩍 들쳐 업었다.

싸움이 끝나면 우타키는 더 이상 다이고의 몸을 움직이지 않는다. 우타키 말로는, '인간의 몸을 계속 조종하는 것은 번거로운 일'이라고 한다.

'말은 그렇게 하면서도 우타키는 내 몸에 힘을 계속 불어넣어 주고 있어. 내 힘으로는 어른 남자를 이렇게 가뿐하게 들쳐 업지 못해, 절대로.'

"그래, 나쁜 녀석은 아니야……."

'너 방금 뭐라고 한 거냐?'

다이고는 배시시 웃으며 신사에서 마을로 이어지는 천 개의 돌계단을 내려가기 시작했다.

도무라 마코토는 아주 평화로운 얼굴로 세상모르고 잠들어 있었다. 몸을 빼앗겼던 인간은 요괴가 빠져나간 즉시 깊은 잠에 빠져들고, 깨어난 뒤에는 요괴에게 조종당했던 일을 싹 다 잊어버린다.

검이 마음속 어둠을 없애 주었으니 아마 개운하고 산뜻한 기분으로 눈을 뜰 것이다.

"아 참, 이 검 말이야……."

다이고가 입을 열었다.

"나 말고 다른 사람에게는 검이 안 보인다고 하지 않았어?"

'그 주술은 이미 풀렸다.'

"역시 그랬구나……."

어젯밤 마당에서 검을 뽑아 연습을 하다가 아빠에게 들키고 말았다. 아빠는 다이고의 손에 들린 검을 보고 기겁해서 그 자리에 주저앉았다.

"학교 연극에서 쓰는 소품이라고 겨우 얼버무렸으니 망정이지, 아빠가 의심하면 어쩔 뻔했어? 그런 중요한 일을 왜 미리 말 안 한 건데?"

'설마 그걸 여태 몰랐단 말이냐? 검집에 들어가면 검은 보이지 않아. 검집에도 마력이 깃들어 있으니까.'

"우앗, 여기에?"

장식이 새겨진 아름다운 검집은 '아만눈'이라는 외눈박이 요괴를 쓰러뜨렸을 때 손에 넣은 것이다.

'이걸로 검을 감출 수 있다니!'

다이고는 전혀 모르고 있었다.

신사 주차장에 다다르자 다이고는 업고 있던 도무라 마코토를 바닥에 내려놓았다.

그 순간 파도처럼 왈칵 덮쳐 오는 피로에 다리가 휘청거렸

28

다. 우타키가 마력을 모두 거둬들인 것이다.

'돌아간다.'

"벌써?"

우타키는 지치면 곧바로 다이고의 몸 안에서 잠들어 버린다. 몸 안에서 쉬면 회복이 훨씬 빠르다고 했다.

"잠깐만! 피곤해 죽겠는데 이 몸으로 어떻게 집까지 가라는 거야……."

우타키의 마력에 조종당해 초인적으로 움직였던 다이고의 몸도 마찬가지로 녹초가 된 상태였다.

"야! 그러지 말고 집까지만 같이 가 주면 안 돼?"

다이고가 간절히 물었지만 우타키는 이미 잠들었는지 대답이 없었다.

"다이고오오오오!"

갑작스레 들려온 절박한 외침에 잠에서 깬 우타키가 작게 혀를 찼다.

다이고도 동시에 눈을 번쩍 떴다.

미친 듯이 비명을 지르고 있는 건 다이고의 단짝 친구인 노노무라 루이였다. 루이는 곱슬머리를 휘날리며 주차장을 우다다다 가로질러 달려오고 있었다.

"드으! 아아! 주으으으으!"

알아들을 수 없는 괴성이었지만 루이를 쫓는 것이 모습을 드러내자 다이고는 그것이 "도와줘!"라는 말이었다는 것을 단박에 알아차렸다.

새빨간 머리에 새빨간 몸뚱이, 기형적으로 긴 팔, 거기다 이마에 돋은 뿔.

"요괴잖아! 하나, 둘, 셋, 넷…… 여섯 마리나 있어! 빨리 일어나 봐!"

다이고는 다급하게 우타키를 불렀다.

'거참, 시끄러워서 원.'

우타키가 작게 투덜거렸다.

"이게 대체 무슨 일이야?"

다이고는 재빨리 검에 손을 뻗었다.

"앗!"

머리 위에서 기척을 느낀 순간, 다이고는 손을 쓸 겨를도 없이 옆으로 날아가 버렸다.

나무 위에서 또 다른 요괴 한 마리가 다이고를 노리고 뛰어내렸다.

"온통 요괴 천지잖아!"

다이고는 숨을 헐떡이며 말했다.

"방과 후 교실에서…… 술래잡기……! 술래는…… 진짜 요괴! 으악!"

엎어지고 자빠지며 겨우겨우 다이고 앞까지 다다른 루이가 알아들을 수 없는 말을 하더니, 넘어지면서 땅바닥에 나뒹굴었다.

눈 깜짝할 사이에 루이를 따라잡은 요괴 한 마리가 기다란 팔을 뻗어 루이의 등을 가볍게 툭 치면서 말했다.

"잡았다."

루이는 넘어진 자세 그대로 얼굴을 홱 들었다. 표정이 딱딱하게 굳어 있었다.

"아…… 나도 술래한테…….”

말을 채 끝맺기도 전에 루이는 요괴로 변했다. 루이를 툭 친 바로 그 요괴처럼 빨갛고 팔이 긴 요괴로.

"루이! 지금 바로 요괴를 떼어 내 줄게!"

'다이고, 기다려!'

우타키가 다급히 외쳤지만 다이고는 냅다 검을 휘둘렀다.

'좋아, 해치웠어!'

다이고는 확신했다.

"으윽!"

하지만 검에 베여 몸을 구부린 채 괴로워하는 루이는 요괴의 모습 그대로였다.

"뭐야, 검이 안 먹히는 거야? 어떻게 된 거지?"

다이고는 당황한 얼굴로 검을 내려다보았다.

'이름을 **빼앗지** 않고 몸에 손을 댄 것만으로 요괴가 사람의 몸에 들어갈 수는 없다. 이건 뭔가 이상하다.'

다이고는 바짝바짝 거리를 좁혀 오는 요괴들을 바라보았다. 루이였던 요괴까지 포함해서 모두 여덟 마리였다.

"이놈들…… 꼭 복붙해 놓은 것 같네……."

다이고는 중얼거렸다.

'*복붙? 그건 또 뭐냐?*'

"복사해서 붙여 넣기! 생긴 게 완전 똑같다는 말이야."

'*흐음, 그렇다면 이건 분신인가.*'

"분신?"

'*모체, 즉 원래의 몸에서 복사된 가짜들이란 뜻이다. 아까 곱슬머리가 술래 어쩌고 한 거, 기억해?*'

다이고는 기억을 더듬었다.

"술래는 진짜 요괴…… 어쩌고저쩌고했던 것 같은데."

'*그래, 이 녀석들은 분신, 즉 가짜다. 어딘가에 진짜가 있어.*'

분신 요괴들은 다이고를 향해 슬금슬금 거리를 좁혀 왔다. 이제 누가 루이인지 분간할 수 없었다.

"술래가 점점 늘어나고 있어……. 아, 알겠다! 이건 잡으면 술래가 바뀌는 게 아니라, 술래가 계속 늘어나는 술래잡기야!"

분신 요괴들과 다이고의 거리는 이제 바짝 좁혀졌다.

요괴들은 저마다 뭐라고 중얼거리고 있었다.

"잡는다아아아······."

"다이고 형······ 잡는다······."

"다이고 형?"

분신 요괴들이 지껄이는 말에 다이고는 "어?" 하고 고개를 갸웃거렸다.

'오호, 진짜 요괴가 너를 노리고 있는 모양인데? 분신 요괴의 말과 행동은 모두 진짜 요괴에게서 나오니까 말이다.'

"그럼, 그 요괴가 나를 알고 있다는 거야?"

'요괴는 자신이 몸을 빼앗은 인간이 가진 정보를 흡수한다. 그 때 영혼에 새겨진 감정까지 함께 흡수하는 경우도 있지. 아무래도 이 요괴에게 몸을 빼앗긴 인간은 너를 형이라고 부르는 아이인가 보다. 더구나 너에게 원한이 있는 모양인데?'

우타키의 목소리에 웃음기가 배어 있었다.

"야, 넌 이게 재미있냐?"

다이고는 툴툴거리며 쏘아붙였다.

'사정이 어찌 됐든, 이대로 계속 분신 요괴가 늘어나게 둘 순 없다.'

갑자기 다이고의 몸이 손가락 끝까지 훅 따뜻해졌다.

'진짜 요괴를 잡자!'

와락 덮쳐 오는 여덟 마리의 분신 요괴들을 곁눈질로 피하면서, 우타키는 바람 같은 속도로 다이고의 몸을 달리게 했다.

셋
진짜 요괴는 누구?

★

"헉, 요괴가 바글바글하잖아! 사람은 하나도 없어."

몰려드는 분신 요괴들을 날쌔게 피해 가며, 다이고는 삿피 마을에서 가장 높은 건물인 10층짜리 아파트에 도착했다. 옥상에 올라가 마을을 내려다본 다이고는 눈을 의심했다.

삿피 마을에 온통 분신 요괴들이 날뛰고 있었다.

엷은 보랏빛 안개에 휩싸인 마을에는 요괴 특유의 비릿한 냄새가 진동했다.

"하나같이 다 똑같이 생긴 요괴들뿐인데 무슨 수로 진짜 요괴를 찾지?"

'으음⋯⋯.'

다이고의 손이 입가를 매만졌다. 우타키는 몇 초쯤 생각하고는 입을 열었다.

'다이고, 이것도 수련이라고 생각하고 원 없이 한바탕 날뛰어 봐라.'

"어?"

'진짜 요괴는 분명 너를 노리고 있다. 그렇다면 반드시 네 앞

에 나타날 테지.'

다이고는 기가 막혀서 말문이 턱 막혔다.

"야! 너 지금 나를 요괴의 먹잇감으로 던져 줄 셈이냐!"

'그것도 방법이라면 방법이지.'

"진짜 요괴가 나타나기 전에 분신 요괴들한테 당하고 말 거라고! 놈들은 검으로 벨 수도 없으니까!"

'베지는 못해도 기절시킬 수는 있지. 어차피 고통을 느끼지 못할 테니까 맘껏 검을 휘둘러 봐.'

다이고는 눈앞에 펼쳐진 마을을 내려다보았다. 벌써 무수히 많은 분신 요괴들이 마을을 누비고 있었다. 백 마리, 아니 이백 마리? 그보다 더 많을지도 모른다. 이렇게 많은 요괴를 혼자서 상대해야 한다고 생각하자, 투지 넘치던 다이고도 절로 몸서리가 쳐졌다.

'몸을 보호할 만한 힘은 내주지.'

우타키가 어쩔 수 없다는 듯이 말했다.

"어어……."

다이고는 그래도 망설였다.

'혼자 싸울 수 있을 정도로 강해지겠다고 말한 게 누구더라?'

"으윽……."

뭐라 대꾸할 말을 찾지 못하는 다이고의 시야에 멀리서 다가오는 무언가가 보였다. 작지만 선명한 빨간색…….

"앗, 저건!"

저 멀리 국도에서 새빨간 최신형 스포츠카가 빠른 속도로 달려오고 있었다.

"오타로 형이야!"

이 마을에서 저 정도로 눈에 확 띄는 차를 타는 건 오타로밖에 없었다.

"오늘은 일이 있어서 미쓰케 시에 다녀온다고 했는데, 벌써 돌아왔나 보네."

스포츠카는 깜빡이를 켜고 편의점 주차장으로 미끄러져 들어갔다. 편의점 지붕 위에서 분신 요괴 몇 마리가 기다리고 있는 것도 모른 채.

"어떡해, 오타로 형이 위험해! 저러다 요괴한테 잡히겠어."

다이고는 초조하게 중얼거렸다.

"에잇, 나도 몰라!"

고함을 지르며 힘차게 기합을 넣는 동시에 다이고는 옥상 난간을 박차고 뛰어내렸다.

'우타키가 내 몸을 보호해 줄 거야! 전혀 무서워할 거 없어!'

다이고는 10층 아파트 옥상에서 뛰어내려 땅바닥에 착지했다. 순간 발목에 불이 나는가 싶더니, 순식간에 정수리까지 통증이 번졌다.

"으윽, 아야아아아앗!"

얼마나 아픈지 거의 기절할 지경이었다. 우타키의 마력이 보호해 주고 있다는 느낌은 전혀 들지 않았다.

"야, 우타키! 너…… 몸을 보호할 힘은 준다고……."

'10층에서 떨어졌는데도 죽지 않았잖아. 고마운 줄 알아라.'

"혁, 죽지만 않으면 된다는 거냐!"

눈물을 찔끔 흘리면서 다이고는 냅다 뛰기 시작했다.

"오타로 형! 차에서 내리면 안 돼!"

다이고는 주차장에 막 들어선 차 앞을 가로막고 섰다.

"다이고?"

운전석에 앉은 오타로가 어리둥절한 표정을 지으며 안전벨트를 푸는 게 보였다.

편의점 지붕 위에 올라앉아 있던 분신 요괴들이 다이고를 보고 사뿐히 뛰어내렸다.

곁눈질로 요괴의 움직임을 경계하면서, 다이고는 스포츠카의 보닛 위로 기어올랐다.

"차에서 내리면 안 돼! 당장 이 마을에서 도망쳐!"

다이고의 서슬에 놀란 오타로가 창문을 반쯤 내리고 얼굴을 내밀었다.

"왜 그래? 편의점에서 콜라를 사려고……. 아니, 그보다 너지금 뭐 하는 거야?"

"아, 그게……."

다이고는 머뭇거렸다.

요괴의 존재를 믿고, 요괴를 보고 싶어 안달이 난 오타로에게 요괴 얘기를 꺼낸다면 어떤 반응을 보일까? 하지만 고민하고 있을 시간이 없었다. 요괴가 점점 다가오고 있었다!

"지금 이 마을에서 요괴들이 난리를 치면서 술래잡기를 하고 있단 말이야!"

다이고는 버럭 소리쳤다.

"뭐, 요괴라고?"

역시나 운전석에 앉아 있는 오타로의 얼굴이 확 밝아졌다. 과연 요괴에 푹 빠진 사람다웠다.

"그렇게 반가워할 일이 아니야! 지금 형까지 요괴가 될 판이라고!"

하지만 오타로는 다이고의 말을 귓등으로도 듣지 않고 두리번거리기 시작했다.

"어디? 요괴가 어디 있는데?"

"형, 창문 올려! 창문!"

분신 요괴들이 오타로의 차를 슬금슬금 에워싸고 있었다. 다이고는 다급한 마음에 보닛을 밟고 일어나 허공에 검을 휘두르며 요괴들을 위협했다.

"아! 사진 찍어야지, 사진! 스마트폰을 어디에 뒀더라……."

오타로는 신이 나서 차 안을 뒤적이기 시작했다.

'요괴'라는 말이 나오면 순식간에 몰두해 주위에서 무슨 일이 터지든 신경도 쓰지 않는 것은 오타로가 가진 유일하고도 가장 큰 결점이다.

'*포위됐군.*'

우타키가 중얼거렸다. 마치 자신과는 상관없는 일인 것처럼.

어느새 수를 헤아릴 수 없을 정도로 많은 분신 요괴들이 몰려들어 스포츠카를 에워쌌다. 주위를 둘러보던 다이고의 얼굴이 딱딱하게 굳어졌다.

"하하…… 우타키, 수련은 이만하면 충분한 거 같은데, 이제 나랑 함께 싸우지 않을래?"

대답이 없었다.

"우타키?"

다이고는 숨죽여 속삭였다.

쿵! 쿵! 쿵! 쿵!

수백 개의 발이 동시에 땅을 구르는 소리가 들렸다. 동시에 분신 요괴들이 일제히 다이고를 향해 달려들었다.

"야, 우타키! 너 진짜 이러기야!"

다이고는 버럭 소리치며, 사방팔방에서 달려드는 분신 요괴들의 한복판에서 마구잡이로 검을 휘둘렀다. 어느새 두 눈은 꼭 감고 있었다.

'*이 바보야! 눈을 감으면 어떡해!*'

우타키의 고함 소리가 머릿속에서 쩌렁쩌렁 울렸다. 동시에 다이고는 몸이 따뜻해지는 것을 느꼈다.

다음 순간, 우글거리는 분신 요괴들 사이에서 다이고의 몸이 위로 휙 솟아올랐다.

다이고를 향해 날아들던 요괴들은 허공으로 몸을 내던진 꼴이 되어 보닛 위로 우르르 떨어졌다. 난리도 이런 난리가 없었지만, 오타로는 여전히 아무런 낌새도 알아차리지 못하고 이제는 몸을 쭉 뻗어 차 뒷좌석을 뒤지고 있었다.

"스마트폰이 대체 어디 간 거지……."

허공에 떠 있는 다이고를 노리고 분신 요괴들이 다시 줄줄이 몸을 날렸다.

다이고의 손에 들린 검이 번쩍 빛나더니 날아오는 분신 요괴 하나를 내리쳤다. 곧바로 그 반동을 이용하여 몸의 방향을 틀어 또 다른 분신 요괴를 쳤다.

다이고의 몸놀림은 화려했다. 몇 초 지나지 않아 모든 분신 요괴가 마치 바람에 흩날리는 꽃잎처럼 우수수 떨어졌다. 검이 훑고 지나간 곳이 급소였는지, 분신 요괴들은 기절한 채 움직이지 않았다.

"대박……."

다이고는 숨을 헐떡이며 중얼거렸다.

우타키가 얼마나 강한지를 새삼 실감할 수 있었다.

하지만 아직 끝난 게 아니었다. 마을 곳곳에 흩어져 있던 분신 요괴들이 다이고를 노리고 몰려들고 있었다.

"이렇게 해선 끝이 없겠어!"

'진짜 요괴를 베어서 이계로 돌려보내면 분신 요괴는 저절로 인간으로 돌아온다.'

"대체 그 진짜 요괴는 어디 숨어 있는 거야? 야, 진짜 요괴! 썩 나와!"

그때, 분신 요괴 한 마리가 오타로를 노리고 차 창문으로 슬금슬금 다가왔다. 다이고는 잽싸게 창문 옆으로 몸을 날리며 검을 휘둘렀다.

"그나저나 다이고, 좀 전에 요괴들이 술래잡기를 한다고 했었나?"

오타로가 좌석 밑에 얼굴을 파묻고 손으로 바닥을 더듬으며 중얼거렸다.

"술래잡기가 원래 요괴들의 놀이인 거 알아? 요괴, 즉 술래가 모두를 요괴로 만들면 끝나지."

오타로는 쉬지도 않고 떠들었다.

사람이 이렇게까지 둔할 수가 있다니! 다이고가 보기에 이 정도면 특기였다. 칭찬해 주고 싶을 정도였다.

"아, 맞다! 너희 학교 생활 체육 방과 후 교실 선생님한테도 요괴들의 술래잡기를 가르쳐 줬는데. 아이들과 다 함께 놀 수 있으면서도 위험하지 않은 놀이를 찾고 있다잖아. 다만 한 가지, 무리에서 가장 어린 아이를 '깍두기'로 삼아야 한다는 조건을 붙였지."

"깍두기?"

"잡혀도 절대 술래가 되지 않는 사람을 깍두기라고 해."

"그럴 거면 술래잡기를 왜 해?"

이야기를 주고받는 도중에도 다이고의 팔은 쉴 새 없이 덤벼드는 분신 요괴들을 검으로 쳐서 쓰러뜨리고 있었다.

"그 선생님 말로는, 전에 아이들끼리 놀다가 가장 어린 아이가 코피가 터졌대. 그 일로 선생님이 곤욕을 치렀던 모양이더라. 뭐, 안전하게 놀려면 그 정도 조건은 있어야겠지."

'아, 잠깐만……!'

'코피' 그리고 '다이고 형'.

다이고의 머릿속에서 두 개의 단어가 서로 연결되었다. 동시에 지난주에 있었던 일이 기억났다.

"잡았다."

잠시 딴생각에 잠긴 사이, 다이고는 오타로에게 달려드는 요괴를 놓치고 말았다.

"응?"

분신 요괴가 어깨를 두드리자 그제야 오타로가 얼굴을 들고 주위를 둘러보았다.

"어어⋯⋯."

요괴와 관문지기를 연구해 온 오타로에게 평생의 소원이 있다면, 그것은 진짜 요괴와 만나는 것이다. 그런데 바로 그 존재가 눈앞에 있었다. 그것도 수백 마리나 득시글득시글.

"여긴⋯⋯ 천국인가⋯⋯."

행복에 겨운 웃음을 지으면서 오타로는 분신 요괴로 변했다.

"어우, 진짜! 오타로 형! 창문 닫으라니까!"

다이고는 분통을 터뜨렸다.

'누가 진짜 요괴인지, 짚이는 게 있는 거지?'

다이고의 마음의 움직임을 읽은 우타키가 물었다.

다이고는 굳은 얼굴로 고개를 끄덕였다.

"그래, 요괴는 3학년 히나타야."

넷
깍두기의 분노

★

오노 히나타. 다이고와 같은 삿피 초등학교 3학년 남자애로, 남에게 지고는 못 사는 성격이다.

히나타는 체육 시간에도, 운동회 날에도, 심지어 수업을 마치고 친구들과 놀 때도 지지 않으려고 안간힘을 썼다.

여러 학년이 뒤섞여 놀 때도 마찬가지로 상급생에게 기죽지 않고 도전했다. 그럴 때마다 상급생들은 히나타를 적당히 봐주면서 상대했다. 자신들보다 몸집도 작고 운동 능력도 떨어지는 하급생을 상대해야 하니 그럴 만도 했다.

이렇듯 당연하다면 당연한 배려를 히나타는 진저리 칠 정도로 싫어했다. 상급생이 힘을 빼는 눈치가 보이면 히나타는 시뻘게진 얼굴로 발을 쿵쿵 구르면서 화를 내곤 했다.

"해 보지도 않고 어떻게 알아? 왜 봐주냐고!"

히나타 입장에서는 처음부터 봐주고 시작하는 게 자존심 상했던 것이다.

몸집이 작고 어리다고, 자신이 어찌해 볼 수 없는 이유로 제대로 맞붙어 승부를 겨룰 기회마저 박탈당하다니. 상대의 배려로 이기는 것이 무슨 의미가 있겠는가. 히나타는 차라리 죽을 힘을 다해 맞붙어서 지는 쪽이 훨씬 의미 있다고 생각했다.

다이고는 그런 히나타의 마음을 충분히 이해할 수 있었다. 그래서 그날 방과 후, 피구를 하려고 모인 6학년 학생들에게 히나타가 찾아와 끼워 달라고 했을 때, 이렇게 말했다.

"좋아, 네가 진심으로 우리와 겨뤄 보겠다면 우리도 진심으로 상대해 줄게."

그 자리에 있던 다른 6학년 학생들은 다이고가 말은 그렇게 했어도 슬쩍슬쩍 봐줄 거라고 생각했다. 아무리 융통성 없고 고지식한 다이고라 해도 상대는 3학년이 아닌가!

하지만 다이고는 말 그대로 '진심을 다해' 히나타를 상대했다. 시작은 히나타를 겨냥하고 던진 총알 같은 슛이었다.

그런데 더 놀라웠던 건, 히나타가 전혀 겁내지 않았다는 것이다. 다이고의 강력한 슛에 몸이 휘청거리긴 했지만, 어쨌든 날아오는 공을 보기 좋게 잡아 냈다. 상대 팀에서조차 환호성을 질렀을 정도로 멋진 플레이였다.

투지를 불태우며 히나타는 다이고의 다음 공격에도 자신 있게 덤벼들었다. 바닥을 스치듯 낮게 날아오는 받기 까다로운 공이었다. 이번엔 운이 좋지 못했다. 공을 받으려다 놓친 히나타는 얼굴을 바닥에 쓸리며 넘어져 그대로 아웃당하고 말았다.

결국 히나타는 코피를 줄줄 흘리며 보건실로 가야 했다.

걱정하는 다이고에게 히나타는 밝게 웃어 보였다.

"형, 나중에 꼭 다시 붙자!"

히나타는 그런 아이였다.

"히나타도 아까 오타로 형이 말한 생활 체육 방과 후 수업을 들어. 분명 선생님이 안전을 생각해서 히나타를 '깍두기'로 지정했을 거야. 맞아, 그래서 화가 잔뜩 난 거야."

'그 분노를 틈타 요괴가 접근한 거로군.'

다이고는 차 지붕으로 뛰어 올라가 두 발로 버티고 섰다. 그리고 공기를 한껏 들이마신 다음, 있는 힘껏 외쳤다.

"히나타!"

목청껏 내지른 목소리가 똑바로 국도를 뚫고 나가 마을에 울려 퍼졌다.

"날 잡아 봐! 진심을 다해, 온 힘을 다해 상대해 줄게!"

국도를 서성거리던 분신 요괴들이 우뚝 멈춰 서서 다이고를 멍하니 바라보았다.

다이고는 차 한 대 없이 적막한 국도를 휘휘 둘러보았다.

'그래, 진짜 요괴를 데려와라, 어서……'

"방금 '진심을 다해'라고 말한 거냐?"

소름 끼치는 목소리에 다이고는 순간 오싹해졌다. 온몸을 압박해 오는 강렬한 힘이 느껴졌다.

"앗!"

고개를 들어 위를 올려다보자, 지붕 위에 걸린 편의점 간판에 요괴 한 마리가 매달려 있었다.

겉모습은 다른 분신 요괴들과 똑같았지만, 온몸에서 뿜어져 나오는 강렬한 힘은 그야말로 압도적이었다.

"네가 진짜 요괴구나."

다이고는 검을 단단히 고쳐 잡았다. 마침내 신검이 진가를 발휘할 때가 왔다.

"날 찾고 있었지? 그래, 제대로 한판 붙어 보자!"

진짜 요괴가 손을 번쩍 들자, 분신 요괴들이 마치 길을 터 주듯이 일제히 물러났다.

"오오, 일대일로 맞붙자고? 역시 너는 히나타가 맞는구나."

요괴는 머뭇거리지 않고 하늘로 날아올랐다.

그걸 신호로 목숨을 건 술래잡기가 시작되었다.

다섯
목숨을 건 술래잡기
★

콰앙!

무시무시한 속도로 다이고를 내리치던 손이 또다시 아스팔트에 깊은 구덩이를 뚫어 놓았다.

요괴는 팔로 내리치는 단순한 공격을 되풀이할 뿐이었지만 그 위력은 어마어마했다.

"이크! 저걸 한 방 맞으면 요괴가 되기도 전에 가루가 돼 버리겠는걸!"

추격전은 치열했다. 다이고는 국도 근처의 라면 가게, 서점, 햄버거 가게 지붕을 뛰어다녔고, 또 차도에서 달음질치기도 했다. 온갖 가게의 지붕과 간판 위를 내달리며 쫓고 쫓기는 추격전이 계속되었다.

도망치던 다이고가 문득 뒤를 돌아보자, 무슨 일인지 요괴가 덮밥집 지붕 위에 멈춰 서 있었다.

"저 녀석, 뭘 하려는 거지……."

요괴는 등을 한껏 구부리고 온몸에 힘을 주는가 싶더니 금세 등이 울퉁불퉁 물결치기 시작했다.

잠시 후, 그 등을 뚫고 여섯 개의 팔이 나왔다.

"으악!"

"진심을 다한다."

"팔이 전부 합쳐 여덟 개나 되잖아! 이건 너무하잖……."

투덜거릴 새도 없었다. 요괴의 등에서 돋아난 여섯 개의 팔이 고무처럼 쑥 뻗어 나와 사방에서 다이고를 공격했다.

"이건 반칙이라고!"

건물 지붕에 서 있던 다이고는 잽싸게 차도로 뛰어내려 아스팔트 위에 버티고 섰다.

"우타키, 미안하지만 힘을 좀 써 줘야겠어."

'미안해할 거 없다. 날 의지하지 말라고 한 적은 없으니까.'

가능하면 혼자 힘으로 처리하고 싶었지만, 지금은 우타키의 힘을 빌리지 않으면 꼼짝없이 궁지에 몰릴 수밖에 없었다. 다이고는 자신의 부족한 실력을 순순히 받아들였다.

"후우우……."

다이고는 긴 숨을 내뱉었다.

'이제 앞이 한층 또렷이 보이는군. 우타키가 집중하고 있어.'

다이고는 몸 안에 깃든 까마귀 가면 소년이 온전히 깨어나는 것을 느꼈다. 집중력을 최고조로 끌어올렸을 때 우타키는 더욱 멀리, 그리고 정확히 볼 수 있다.

여섯 개의 팔이 다이고를 향해 쑥 뻗어 날아왔다.

"오른쪽 아래, 왼쪽 위!"

다이고의 외침에 우타키가 검으로 응답했다. 은빛 검날이 포물선을 그리며 팔 두 개를 쓱 베어 냈다.

"그대로 왼쪽으로! 다시 왼쪽!"

다이고의 지시에 따라 우타키가 조종하는 다이고의 팔이 검을 휘둘렀다.

"이제 마지막, 뒤!"

다이고의 눈이 가리키는 방향을 따라 우타키의 검이 춤을 추었다. 마지막으로 남아 있던 팔이 등 뒤에서 달려들었지만, 검을 피하지 못했다. 이내 여섯 개의 팔 모두가 땅바닥에 나뒹굴었다.

"으으…… 으으으으윽!"

요괴는 등에서 피를 쏟으며 무릎이 탁 꺾였다.

"지금이야! 몸통을 찔러!"

다이고는 소리쳤다. 동시에 다이고의 손이 요괴를 겨누었다.

"이계로 돌아가라!"

다이고의 팔이 검을 높이 치켜들었다.

최후의 일격을 가하기 직전, 요괴의 등에서 팔이 다시 돋아났다. 순식간에 다시 돋아난 여섯 개의 팔이 날카로운 손톱을 세우고 다이고의 눈앞으로 뻗어 오기 시작했다.

'으악! 눈을 찔러서 앞을 못 보게 하려는 거야!'

요괴의 속셈을 알아차린 순간 허리가 뒤로 크게 휘었다. 다이고의 눈에 하늘이 보였다. 그리고 아슬아슬하게 코앞을 스치는 요괴의 손톱과, 손톱에 베여 흩날리는 자신의 머리카락도 보였다.

우타키의 반응이 조금 더 빨랐다. 간발의 차로 손톱을 피한 다이고의 팔을 움직여 요괴를 겨냥해 마력을 발사했다. 그 반동으로 튕겨 나간 다이고는 길가의 가게로 굴러가 판매대에 처박히고 말았다.

"뭐야, 저건. 팔이 재생됐잖아!"

그야말로 위기일발이었다. 다이고는 허둥지둥 기어가 판매대 뒤에 몸을 숨겼다.

'다이고, 저 요괴의 가슴에 있는 것이 보여?'

기우뚱거리며 다가오는 요괴의 심장 부근에서 뭔가가 빛나고 있었다.

"저건…… 비취잖아? 아까 그 택배 기사가 가지고 있던 거랑 똑같아."

'자신의 분신을 만들거나 육체를 재생시키는 힘은 오직 상급 요괴들만이 쓸 수 있는 능력이다.'

"상급 요괴라고?"

'그래. 하지만 저 요괴한테서는 하급 요괴 정도의 마력밖에 느껴지지 않아. 아까 그 꼬마 요괴와 마찬가지다. 저 돌에 뭔가가 있는 게 분명해. 저 돌을 노려야 해!'

"먼저 저 팔부터 처리하지 않으면 돌이고 뭐고 손도 못 대!"

여섯 개의 팔이 뱀처럼 꿈틀거리며 마치 이리 오라는 듯이 손짓하고 있었다.

그때 바로 옆에 있는 물건이 다이고의 눈에 들어왔다.

"스케이트보드!"

다이고가 처박힌 곳은 스포츠용품점이었던 것이다.

"스케이트보드라……. 저 녀석은 팔이 쭉쭉 늘어난단 말이지……. 훗, 그렇다면 나도 생각이 있지!"

'어쩔 셈인데?'

다이고는 히죽 웃었다.

"전부터 한 번쯤 차도를 자유롭게 달려 보고 싶었거든."

여섯
곡옥의 주인
★

"진심을 다한다…… 진심을 다한다……."

요괴는 다이고를 향해 등에 난 여섯 개의 팔을 뻗으며, 남은 두 팔과 두 다리로 짐승처럼 돌진해 왔다. 웬만한 차보다 빠른 속도였다.

"저 녀석을 계속 달리게 해야 해, 우타키!"

스케이트보드를 탄 다이고도 그에 맞먹는 속도로 달렸다. 우타키의 마력 덕분에 스케이트보드는 마치 엔진이라도 달아 놓은 듯이 쌩쌩 질주했다.

'오래는 못 버틴다!'

계속되는 싸움으로 마력을 소모한 탓에 우타키의 목소리에는 초조함이 배어 있었다.

"느릅나무 가로수로 가! 거기서 결판을 낼 거야!"

국도 양쪽의 커다란 느릅나무들이 순식간에 가까워지고 또 멀어지기를 반복했다.

"흐흐, 이제 잡았다."

요괴의 팔은 이제 등 뒤까지 뻗어 왔다.

그 팔에 잡히기 직전, 다이고는 몸의 중심을 뒤로 이동하며 재빨리 방향을 틀었다. 그러고는 길가의 가로수 사이로 뛰어들었다.

"간다!"

한 줄로 늘어선 느릅나무 사이를 다이고는 요리조리 지그재그로 누비며 달렸다. 이제 다이고의 몸은 온전히 자신의 의지대로 움직이고 있었다.

우타키의 마력으로 속도를 높인 스케이트보드는 이미 웬만한 차보다도 빨랐다. 반응이 0.1초만 느려도 나무에 부딪혀 크게 다칠 수도 있었다.

위험천만한 상황이었지만 다이고는 어쩐지 전혀 겁이 나지 않았다. 오히려 짜릿한 흥분이 온몸을 감싸는 느낌이었다.

'역시, 너에게 몸을 맡기길 잘했군.'

우타키가 중얼거렸다. 아직 마력은 제대로 쓰지 못했지만, 다이고의 안에서 어떤 힘이 서서히 움트고 있었다.

"지금이야!"

다이고의 외침에 우타키가 정신을 집중했다.

다음 순간, 다이고와 스케이트보드는 한 몸이 되어 높이 점프했다.

슈웅!

등 바로 뒤까지 쫓아온 세 개의 팔은 목표를 잃고 허무하게 엇갈렸다.

"웃차!"

반대편 가로수에 착지하자마자 다이고는 다시 크게 방향을 틀었다. 스케이트보드가 바닥을 긁으며 불꽃을 튀겼다.

요괴의 팔들이 끈질기게 따라붙었지만 다이고는 요리조리 능숙하게 피했다. 왼쪽으로 급히 꺾으며 요괴의 팔 밑으로 빠져나가 점프하고, 다시 반대편으로 빙글 돌며 방향을 틀었다.

아무 생각 없이 마구잡이로 달리는 것 같았지만 다이고에게는 한 가지 노림수가 있었다.

"크아아아아아아아!"

갑자기 요괴가 고통스러운 비명을 질렀다.

다이고를 뒤쫓던 여섯 개의 팔이 어느새 한 줄로 늘어선 느릅나무들에 얽혀 움직일 수 없게 된 것이다.

"게임 오버!"

옴짝달싹할 수 없게 된 요괴는 팔을 풀려고 마구 몸부림쳤다. 다이고는 재빨리 달려들어 요괴의 가슴에 검을 깊숙이 박아 넣었다.

파르스름한 불꽃이 요괴를 감싸면서, 다이고의 팔로 히나타의 어둠이 슬금슬금 타고 올라왔다.

"가위바위보!"

떠들썩하게 가위바위보를 하는 상급생들을 히나타는 그저 보고 있을 수밖에 없다.

"도망쳐!"

술래잡기가 시작되었지만 뛰고 싶은 마음은 눈곱만큼도 들지 않는다.

"깍두기니 뭐니 하면서 나만 술래를 안 시켜 준다니, 무슨 헛소리야! 날 뭘로 보는 거야? 해 보지도 않고 어떻게 아느냐고. 으아악! 짜증 나! 이딴 놀이 안 해!"

돌멩이를 집어 들어 있는 힘껏 던진다. 누가 맞든 말든 상관없다는 마음이다.

'그 형만 있었다면…… 이런 일은 없었을 텐데!'

분해서 고개를 떨구는 히나타의 발밑에 어두운 보랏빛 안개가 피어오른다.

"그 형 찾으러 가자……."

요괴는 히나타의 분노를 틈타 그 몸을 차지한다.

요괴가 사라지고 히나타는 원래의 모습으로 돌아왔다. 곤히 잠든 채로.

"히나타, 진지하게 승부하고 싶은 마음은 알겠는데 말이야, 화를 내기 전에 네 의견을 확실하게 말해 봐. 이해해 주는 사람도 있으니까."

잠든 히나타에게 나직이 말하고 다이고는 바닥에 벌러덩 드러누웠다.

청명한 저녁 하늘이 눈에 들어왔다. 보랏빛 안개도, 비릿한 요괴 냄새도 이제 사라지고 없었다.

'다음부터는 너 혼자서 실컷 싸워라.'

우타키의 목소리에도 지친 기색이 역력했다.

"야, 그럼 이제 온 마을 사람들이 다 잠드는 거 아니야? 후유, 난리도 그런 난리가 없겠네."

'요괴가 몸 안에 들어간 건 아니니 기껏해야 선잠 정도일 거다. 별일 없을 거야. 그보다도……'

우타키가 다이고의 상반신을 일으켜, 바닥에 나뒹구는 비취 조각을 집어 들었다.

'문제는 이거다.'

"이건 아까 것보다 더 크네."

다이고는 주머니에 넣어 두었던 비취 조각을 꺼냈다.

"어? 이 두 조각이 딱 맞는데?"

두 개의 비취 조각을 서로 맞대자 쪼개진 면이 딱 들어맞았다. 그러자 신기하게도, 마치 처음부터 깨진 적이 없었던 것처럼 두 조각이 깔끔하게 달라붙었다.

"꼭 국자같이 생겼잖아."

'이건…… 곡옥이다.'

"곡옥? 그게 뭔데?"

'옥을 초승달 모양으로 다듬어 만든 장식용 구슬이지.'

완전한 형태를 되찾자 곡옥의 표면에 비로소 선명한 그림이 드러났다.

"이거, 술병 아니야?"

곡옥에 새겨진 그림은 주둥이가 잘록한 술병 같았다.

"어?"

그 순간, 다이고의 손바닥 위에 있던 곡옥이 빛깔을 잃더니 금세 부슬부슬한 흙이 되어 바람에 흩어져 버렸다.

"사라져 버렸어!"

다이고는 깜짝 놀라 소리쳤다.

우타키는 아무 말이 없었다. 침묵 속에서 팽팽한 긴장감이 전해졌다.

"야, 왜 아무 말도 안 하냐, 불길하게. 그 곡옥이 대체 뭔데 그래?"

'꼬마 요괴에게 힘을 불어넣어 너를 없애려고 한 것은 그 곡옥의 주인이다. 봉인이 풀려 다시 세상에 나온 거지.'

"봉인이 풀리다니…… 누굴 봉인했는데?"

'한때 최강의 요괴라고 불리던 주정뱅이 두목이다.'

"주정뱅이 두목?"

다이고는 한 번도 들어 본 적 없는 이름이었다. 하지만 우타

61

키는 분명 '최강의 요괴'라고 했다.

"최강이라면…… 얼마나 강한데?"

다이고는 침을 꿀꺽 삼키며 물었다.

'*놈과 싸우게 된다면 평범한 공격은 통하지 않을 거다.*'

"아…… 제발, 더 이상 듣고 싶지 않아!"

저녁 바람이 묘하게 서늘하게 느껴져서 다이고는 몸을 부르르 떨었다.

2장

부적

"너, 대단하구나."

등 뒤에서 갑자기 들려온 목소리에 화들짝 놀란 미카미 소야는 무릎 위에 펼쳐 놓은 공책을 황급히 몸으로 가렸다.

돌아보니 긴 코트를 입은 키 큰 남자가 서 있었다. 초등학교 5학년인 소야에게는 아빠와 비슷한 나이로 보였다.

소야는 허둥지둥 공책을 덮었다. 하지만 낯선 남자는 공책이 아니라 소야를 내려다보고 있었다.

'처음 보는 사람인데……. 우리 마을 사람은 아니야.'

남자에게서 은은한 향냄새가 풍겼다. 나쁘지 않은 냄새였다.

"저어…… 대단하다니, 뭐가요?"

소야는 어리둥절한 얼굴로 물었다.

"네 참을성 말이다. 넌 이미 오래전부터……."

"네?"

"아, 그러면 되겠다!"

무슨 생각이 떠올랐는지 남자는 혼자서 고개를 끄덕였다.

"내가 아는 사람이 널 보면 재미있어할 것 같아서 말이야. 내일 여기로 보내 주마."

"아뇨, 됐어요."

무슨 일로 말을 거는지는 모르겠지만 왠지 수상쩍어 보였다. 소야는 이 낯선 남자와 이야기를 계속하고 싶지 않았다.

"너, 더 이상 고통받고 싶지 않잖아, 안 그러니?"

'어?'

소야는 움찔 놀라 낯선 남자를 올려다보았다.

마치 '그 일'을 알고 있는 눈치다.

남자는 부드러운 미소를 남기고 코트 자락을 휘날리며 모습을 감추었다. 남자가 떠난 자리에는 달콤한 향기가 잠시 남아 코를 간지럽히다가 이내 사라졌다.

"뭐야, 저 사람?"

소야는 공책을 책가방 안에 넣었다.

오늘은 반드시 전부 찢어 버릴 생각이었다. 공원에 오기 전부터 다짐하고 또 다짐했다. 하지만 공책을 펼치자마자 각오가 허물어지고 말았다. 게다가 이상한 아저씨 때문에 기분이 더 꿀꿀해졌다.

'내일은 꼭 찢어 버려야지. 애써 보겠다고 약속했으니까.'

어느새 주변이 어둑어둑해진 것을 알아차리고 소야는 서둘러 자리에서 일어났다. 그러다 누군가가 다가오는 걸 보고 멈칫했다.

"아, 엄마……."

엄마가 마중을 나왔다. 소야를 걱정스럽게 살피는 엄마의 얼굴이 창백했다.

"소야, 어두워지기 전에 돌아오라고 했잖아. 형도 걱정하고 있어."

엄마에게 공책을 들키지 않으려고 소야는 재빨리 책가방을 닫았다.

하나
주정뱅이 두목

★

"이게 주정뱅이 두목이야?"

다이고는 책상 위에 펼쳐진 가로로 긴 그림을 멍하니 들여다보며 물었다. 입을 떡 벌리고 그림을 관찰하는 다이고의 표정이 재미있었던지 오타로가 피식 웃었다.

"왜, 기대한 것과 달라?"

"아니, 그게…… 술을 마시고 있는 허여멀건 아저씨로밖에 안 보이잖아. 대체 이런 아재가 어디가 강하다는 거야?"

다이고가 솔직하게 말하자 오타로가 재미있다는 듯 웃었다.

주정뱅이 두목에 대해 가르쳐 달라는 다이고의 부탁에 오타로는 자료 뭉치를 품에 한가득 안고 다이고의 방으로 들어왔다. 주정뱅이 두목에 대해 전해지는 그림이나 책이 꽤나 많은 모양이었다.

그중 오타로가 가장 먼저 보여 준 건 《오에산의 주정뱅이 두목》이라는 커다란 책이었다.

"자, 여길 보면 이 '허여멀건 아저씨'가 점점 요괴다워지는 게 보이지? 이쪽 그림은 어때?"

오타로가 책을 한 장 넘겼다. 도마 위에 무언가를 올려놓고 요리를 하는 것처럼 보이는 장면이 나타났다.

다이고는 그림을 유심히 들여다보았다.

"도마 위에 저거…… 설마 사람 다리야?"

"맞아. 이건 주정뱅이 두목이 오에산에 있는 자기 본거지를 방문한 손님한테 사람 고기를 권하는 장면이야. 사실, 앞에 있는 손님은 주정뱅이 두목을 쓰러뜨리려고 온 미나모토노 요리미쓰라는 무사야. 이런 게 바로 '요괴의 식사 대접'이란 거지. 하하하!"

오타로가 흥겹게 웃었다.

"이 무사가 입을 벌리고 있는데? 설마…… 먹은 거야?"

"그래, 요리미쓰는 주정뱅이 두목을 안심시키려고 사람 고기를 먹었어."

"우웨에엑!"

다이고는 토하는 시늉을 했다.

"그리고 요리미쓰가 준비한 비장의 무기인 독한 술을 마시고 주정뱅이 두목은 움직일 수 없게 되지!"

오타로는 또 한 장을 넘겼다. 이제 주정뱅이 두목은 새빨간 요괴로 변해 있었다. 술에 취했는지 눈이 반쯤 감겨 있었다.

"요괴가 술에 취하다니……."

다이고는 맥이 빠져서 중얼거렸다. 명색이 요괴인데, 빈틈투성이였다.

"저러면 2초 만에 퇴치할 수 있겠는데."

"그리고 바로 그 순간, 요리미쓰의 검이 요괴의 목을 내리쳤지. 빠밤!"

어설픈 효과음까지 내면서 오타로가 다음 그림을 가리켰다.

예상대로 주정뱅이 두목의 목이 날아갔고, 목에서 피가 뿜어져 나오고 있었다.

"목을 벴네……. 어? 주정뱅이 두목의 잘린 목이 무사에게 달려들고 있어!"

"그래! 목이 잘렸는데도 공격한 거야! 이건 정말이지 요괴 중의 요괴라고밖에 할 수 없어! 전해지는 이야기에 따르면 이 싸움에는 아베노 세이메이라는 유명한 음양사도 힘을 보탰다고

해. 세이메이가 도와야 할 정도로 만만치 않은 싸움이었다는 거지!"

신이 나서 혼자 떠들어 대는 오타로 옆에서 다이고의 얼굴은 점점 굳어지고 있었다.

"역시 엄청 강하다는 말이네……."

"이야기에 나오는 오에산은 요괴들이 득실거리는 요괴 소굴이야. 전설에 따르면 주정뱅이 두목은 그중에서도 가장 강한 요괴였대. 아, 참고로 오에산은 실제로 있는 곳이야. 교토의 단고 반도 근처에 있는데, 정확한 위치가 어디인지는 아직도 연구 중이라……."

다이고는 문득 옆에서 누군가의 기척을 느꼈다.

'우타키인가?'

침을 튀기며 설명을 이어 가는 오타로 옆에 우타키가 둥둥 떠 있었다.

"오오, 주정뱅이 두목의 그림이잖아? 요괴 이야기가 인간 세상에는 이런 식으로 전해지는구나."

우타키의 모습과 목소리를 오타로에게 들킬 걱정은 없었다. 우타키가 다이고 안에 들어가지 않아도 둘은 텔레파시처럼 대화를 나눌 수 있다. 우타키 말로는 육체를 공유하는 사람만이 갖는 힘이라나.

"나 들어간다. 좀 쉬어야겠어."

'아, 네네.'

등에서 따뜻한 온기가 느껴졌다.

요괴로 변한 히나타와 한바탕 목숨을 건 술래잡기를 한 직후, 우타키는 "봉인을 확인하고 올게."라는 말만 남기고 어디론가 사라졌다. 상황이 보통 심각한 게 아닌 듯했다.

'가서 확인해 봤어?'

'그래, 역시 봉인이 풀려 있더군. 틀림없이 주정뱅이 두목은 부활했다.'

우타키의 목소리는 무겁게 가라앉아 있었다.

'대체 누가 봉인을 풀어 준 거야? 혹시 관문지기석을 쪼갠 놈이 한 짓이야?'

'모르겠다. 그걸 알기 위해서라도 주정뱅이 두목을 반드시 찾아야 돼.'

'그런데 처음 주정뱅이 두목을 처치했을 때 말이야, 왜 굳이 이 세계에 남겨 놓고 봉인한 거야? 애초에 요괴 퇴치는 요괴를 이계로 돌려보내는 거 아니었어?'

'그건 궁정 음양사의 뜻이었다. 주정뱅이 두목 토벌을 지휘한 건 어디까지나 음양사였고, 관문지기는 옆에서 돕는 입장이었으니까. 결국 검을 쓸 기회가 없었던 거지.'

'음양사? 아까 오타로 형도 음양사 어쩌고 했는데.'

다이고가 궁금하다는 듯 물었지만 우타키는 대답이 없었다.

잠시 후 다시 목소리가 들려왔다.

'아무튼 나는 좀 자야겠다.'

다이고는 순순히 입을 다물었다. 묻고 싶은 게 산더미였지만 지금은 우타키의 체력 회복이 우선이었다. 주정뱅이 두목이 언제 나타날지 모르니까.

오타로가 옆에서 '주정뱅이 두목의 그림 베스트 5'에 대해 열변을 토했지만 전혀 귀에 들어오지 않았다.

'난 언제까지 이렇게 나약한 채로 요괴들과 맞서 싸워야 하지······.'

다이고는 조바심이 나서 견딜 수가 없었다.

둘

어두워지면 나오는 것

★

다이고 앞에 꼬마 요괴가 나타난 건 그로부터 며칠 뒤였다.

수업을 마친 뒤 다이고는 우타키가 하던 대로 마을을 돌아다니며 요괴의 기척을 살피고 있었다.

"어······?"

순간 다이고는 눈을 의심했다. 꼬마 요괴가 길 한복판에 서 있었다. 사람의 몸 안에 들어가지도 않고, 그것도 물구나무를 선 채로.

다이고가 황급히 검을 뽑았지만 꼬마 요괴는 도망치기는커녕 '메롱!' 하고 혀를 쏙 내밀었다.

"너…… 날 약 올리러 온 거냐? 이 꼬맹이 녀석이!"

다이고가 덤벼들자 꼬마 요괴는 잽싸게 달아났다. 민첩한 몸놀림이었다. 좁은 울타리 틈새를 빠져나가 담장 위를 달리고 모퉁이를 휙휙 도는 것이 마치 다람쥐 같았다.

"거기 서!"

전속력으로 꼬마 요괴를 뒤쫓던 다이고의 앞에 누군가가 불쑥 나타났다.

"으악!"

미처 속도를 줄이지 못한 다이고는 갑자기 나타난 사람과 정면으로 부딪히고 말았다. 상대방은 맥없이 나동그라져 엉덩방아를 찧었다.

"아야……."

"에잇, 놓쳤잖아! 아, 미안!"

다이고는 허둥지둥 검을 검집에 집어넣고, 넘어져 있는 사람을 부축해 일으켰다.

"미안해. 다친 데 없어?"

정신을 차리고 보니 다이고와 부딪힌 사람은 책가방을 멘 소년이었다. 소년이 들고 있던 비닐봉지가 찢어지고 감자와 당근이 길에 나뒹굴고 있었다.

"어? 너는 5학년의……."

소년의 얼굴을 보자 기억이 되살아났다.

'아만눈이 만들어 낸 성에서 요괴에 씌었던 녀석이잖아.'

전에 다이고는 이 소년에게 들러붙은 요괴를 베었다. 그때 본 어둠은 아빠를 잃은 절망과 슬픔으로 얼룩져 있었다. 요괴를 베어 내면서 어둠도 떨쳐 냈을 테지만, 그 이후로도 다이고는 내내 이 소년이 마음에 걸렸다.

"잘 지내지?"

마음속에 담아 둔 걱정이 무심결에 질문이 되어 입 밖으로 튀어나왔다.

"어?"

소년이 의아한 표정을 지었다. 요괴가 씌었던 기억은 전혀 남아 있지 않을 테니 당연한 반응이었다.

"아, 아니…… 내 말은, 크게 다친 것 같지 않아서 다행이라는 말이었어."

허둥지둥 얼버무리자 소년이 키득키득 웃었다.

"에이, 뭐야. 난 미카미 소야라고 해. 형은 6학년이지? 학교에서 봤어."

"아, 소야. 맞아, 난 다이고라고 해."

74

소야의 손을 잡아 일으켜 주고 다이고는 길바닥에 널브러진 물건들을 하나하나 줍기 시작했다. 그중에는 공책도 있었다. 다이고가 그것을 집어 들자 공책이 펼쳐지면서 안에 있는 내용이 보였다. 다이고는 고개를 갸웃거렸다.

"이거, 혹시 만화야?"

페이지마다 만화처럼 칸이 나뉘어 있고, 말풍선과 대사가 적혀 있었다. 하지만 만화라고 하기에는 중요한 것이 빠져 있었다.

"근데 그림이 없네."

다이고의 혼잣말을 들은 소야는 아차 싶었던지 잽싸게 다이고의 손에서 공책을 빼앗으며 웅얼거렸다.

"이건…… 어어, 비밀이야."

의도치 않게 소야의 비밀을 엿본 다이고는 미안한 마음에 일부러 넘겨짚듯 말했다.

"아, 알았다! 그거 투명 인간을 그린 만화지?"

소야를 웃겨 줄 생각이었지만 뜻밖에도 소야는 눈이 휘둥그레졌다.

"우아! 어떻게 알았어?"

"어? 그냥 찍었는데……."

"근데 투명 인간이 아니라 '투명 악마'야. 어쨌든 투명이란 걸 알아본 게 대단해!"

"무슨 소리야, 만화를 그리는 네가 더 대단하지."

"그림은 내가 안 그려. 전문 만화가가 그려 줄 거거든."

"전문 만화가?"

놀라는 다이고를 보며 소야는 뿌듯했는지 입에 헤벌어졌다. 그러고는 대단한 비밀이라도 말하는 듯이 목소리를 낮추고 소곤거렸다.

"사실은 이거, 그 만화가가 나한테 의뢰한 일이야. 지금 마지막 장면을 구상하고 있어."

"와, 진짜?"

"응. 투명 악마를 쓰러뜨리는 방법인데…… 어렵긴 하지만 그래서 더 재미있거든. 내가 마지막 장면을 생각해 내면 그 만화가가 그림으로 그릴 거야."

"우아, 대박! 책으로 나오면 말해 줘. 꼭 사 볼게!"

"당연하지!"

소야의 활짝 웃는 얼굴을 본 다이고는 안심이 되어 저도 모르게 혼잣말을 했다.

"역시, 검으로 어둠을 떨쳐 낸 효과가 있었어."

"어? 검이라니?"

소야가 어리둥절한 얼굴로 물었다.

"아, 아무것도 아니야."

다이고는 입을 활짝 벌리고 웃었다.

소야의 이야기가 사실이든 아니든 상관없었다. 소야가 하고 싶은 것을 씩씩하게 할 수 있다면 그것으로 충분했다.

'매번 어둠을 보는 건 정말 힘들지만, 그래도 덕분에 이렇게 밝아진 모습을 볼 수 있으니 뿌듯한걸.'

기운이 솟은 다이고는 소야가 떨어뜨린 물건들을 마저 줍기 시작했다.

"자, 당근이랑…… 테이프? 이것도 네 거 맞아?"

"어, 으응…….."

소야는 다이고의 손에 들린 테이프를 홱 낚아채듯 가져갔다. 예상치 못한 반응에 다이고는 조금 당황했다.

"그럼 이만 가 볼게. 나 여기 2층에 살거든."

소야가 등 뒤의 다세대 주택을 가리키며 말했다. 그 목소리에 왠지 다급함이 묻어 있었다.

"짐 좀 들어 줄게. 비닐봉지가 찢어져서 혼자 다 못 들고 가잖아."

"하지만…… 이제 날도 어두워질 텐데."

"그런 걱정은 하지 마."

안심을 시켜도 소야는 여전히 머뭇거리며 2층 현관을 올려다보고, 난처한 얼굴로 다이고를 쳐다보았다. 뭔가 걱정거리가 있는 게 분명했다.

"내 공책 본 거, 절대 아무한테도 말하면 안 돼. 비밀 꼭 지켜

78

야 돼, 알았지?"

소야가 신신당부했다.

"응, 알았어."

그때 1층의 문이 열리고, 앞치마를 두른 백발의 할머니가 얼굴을 내밀었다.

"소야, 이제 오니?"

"네, 안녕하세요."

깍듯하게 고개 숙여 인사하는 소야와 다이고를 할머니가 빙그레 웃으며 바라보았다.

할머니의 웃는 얼굴에 떠밀리듯 소야와 다이고는 계단을 올라갔다.

2층에 올라간 소야가 현관문을 연 순간…….

"앗!"

다이고는 멈칫했다. 집 안에서 익숙한 비린내가 스멀스멀 흘러나오고 있었다. 냄새가 마치 다이고에게 그만 돌아가라고 엄포를 놓는 것 같았다.

'이건 요괴의 기척인데……!'

다시 보니 현관에는 엷은 보랏빛 안개도 깔려 있었다.

"다이고 형, 들어다 줘서 고마워. 그럼…….'"

소야는 조금 열린 문틈으로 몸을 밀어 넣고 서둘러 문손잡이를 당겼다.

'뭔가가 숨어 있어!'

다이고는 닫히는 문손잡이를 반사적으로 잡아챘다. 당황하는 소야의 옆으로 재빨리 고개를 들이밀어 집 안을 눈으로 훑던 다이고는 온몸에 소름이 돋는 걸 느꼈다.

현관에서 안으로 이어지는 복도 벽에 거대한 손톱으로 긁은 자국이 길게 나 있었다.

'저게 뭐지? 꼭 요괴의 손톱자국 같잖아!'

안에서 탁한 목소리가 신경질적으로 외쳤다.

"누구야?"

복도 안쪽에서 터벅터벅 걸어 나온 사람은 소야의 엄마인 아키코였다. 핏기 없는 얼굴에 머리카락은 푸석푸석했다.

"어, 어머…… 친구?"

소야의 엄마는 애써 웃으려고 했지만 다이고가 보기엔 뺨이 경련을 일으킨 것 같았다.

"안녕하세요? 저는 소야와 같은 학교 다니는 6학년 다이고입니다."

다이고는 깍듯이 인사를 했다.

"그래, 다이고. 반갑구나. 그럼 잘 가렴."

소야의 엄마 역시 부자연스러울 정도로 서둘러 인사를 하면서 문을 닫으려고 했다.

'날 쫓아내려는 거야. 설마 요괴에게 위협당하고 있는 건가?'

다이고는 재빨리 집 안을 살폈다. 복도에 놓인 커다란 화분이 눈에 들어왔다. 그 모습이 마치 장난을 치는 어린아이가 길을 막고 서서 양팔을 벌리고 있는 것 같았다.

화분 너머로 방문이 보였다. 문에 무언가가 덕지덕지 붙어 있었는데, 몹시 기괴해 보였다.

'부적?'

다이고가 방문을 보고 있다는 걸 눈치챈 소야가 어설프게 웃으며 얼버무렸다.

"놀랐지? 우리 형이 좀 아프거든. 저거 재앙을 막아 주는 부적 같은 거야. 나쁜 기운이 들어오지 못하도록 붙여 놓았어. 그러니까……."

"아……."

소야의 엄마가 핏기 없는 너부데데한 얼굴을 들고 다이고의 등 뒤로 펼쳐지는 저녁노을을 바라보았다.

"해가 지고 있네."

그 얼굴이 꼭 유령 같았다.

"저기, 다이고 형…… 그럼 잘 가."

급하게 문손잡이를 당기는 소야에게 다이고는 재빨리 속삭였다.

"어두워지면 나오는 거야?"

굳이 '요괴가'라는 말은 하지 않았다. 그래도 소야는 알아들었으리라 생각했다.

소야는 움찔하며 놀란 눈으로 다이고를 보았다. 하지만 그게 전부였다. 이내 소야는 시선을 거두고 현관문을 쾅 닫아 버렸다.

셋
몸을 뒤덮은 부적
★

날은 이제 완전히 깜깜해졌다. 다이고는 지금 소야의 집을 감시하고 있었다.

베란다에 작은 창문이 나 있었지만 커튼이 드리워져 있어서 안쪽 상황을 알 수 없었다.

'저 방의 문에 붙어 있던 게…….'

"부적이지."

난데없이 들려온 목소리에 화들짝 놀라 돌아보니 우타키가 허공에 두둥실 떠 있었다.

"어우, 왔으면 왔다고 말을 해라, 좀."

"요괴의 기운이 느껴졌거든. 냉큼 덮쳤어야 했는데."

"요괴로 변하지 않으면 검은 쓸 수 없잖아, 안 그래? 소야랑 엄마는 해가 지는 걸 두려워하고 있었어. 어두워지면 요괴가 나오니까 그러겠지."

다이고는 소야의 집을 올려다보았다. 이렇게 밖에서 보니 다른 집들과 다를 게 없는 평범한 가정집처럼 보였다.

"집 안에 무시무시한 기운이 감도는 게 느껴졌어. 부적을 붙여 둔 방문 너머에 요괴에 씌인 형이 있는 게 분명해."

"부적으로 요괴를 가둬 두고 있다는 거야?"

"응, 아마 절 같은 데서 부적을 받아 왔을 거야."

다이고의 말을 들은 우타키가 생각에 잠긴 얼굴로 입가를 매만졌다.

"이미 육체를 얻은 요괴를 가둘 정도로 강력한 부적을 만드는 건 쉬운 일이 아니야. 그런 부적을 쓰려면 먼저 몸을 정화하고, 종이와 먹도 특별히 준비해야 하고, 정해진 방향을 보면서 써야 해. 이런 관례도 관례지만 무엇보다 부적을 쓰는 사람이 요괴와 맞먹는 마력을 가져야 하지. 과연 그렇게 할 수 있는 자가 있을지……. 음양사가 있다면 또 몰라도. 하지만 요즘 세상에 음양사가 있을 리도 없고."

"음양사라면…… 아, 주정뱅이 두목을 해치우는 데 힘을 보탰다던 사람들 말이지?"

"뭐, 일단은 그렇게 알려지기는 했지."

우타키가 시큰둥하게 말했다.

"사실이 아닌가 보네?"

"우리가 나서지 않았다면 그 싸움은 아마 주정뱅이 두목의 승리로 끝났을 거다."

"그래? 그럼 음양사보다 관문지기가 더 강한 거네?"

의기양양하게 묻는 다이고를 보고 우타키가 작게 한숨을 내뱉었다.

"내가 말을 잘못한 것 같군. 이건 누가 강하고 약한가를 따지자는 게 아니다. 우리가 함께 싸웠기 때문에 이겼다는 거지. 그뿐이다."

"잘못한 거 같다고? 와, 네가 그런 말을 하다니! 너답지 않게 웬일이냐."

우타키는 대꾸하지 않았다. 다이고는 문득 생각나는 질문을 던졌다.

"오타로 형이 그러는데, 그때 세이메이라는 음양사도 함께 싸웠다며?"

그 말에 허를 찔린 듯이 우타키는 턱을 바짝 당기고는 입을 꾹 다물어 버렸다.

"우타키, 왜 그래?"

"아, 그게…… 그 이름이 지금도 사람들 입에 오르내리는구나 싶어서."

"어? 그러면 안 될 이유라도 있는 거야? 그때 무슨 일이 있었는데?"

쿵!

문득 불길한 기운이 느껴졌다. 공기가 흔들릴 정도의 강한 기척이었다.

다이고가 느끼기에 빌라 전체가 한순간 흔들린 것 같았다.

"좋아, 검이 나설 차례군. 요괴든 어둠이든 사정없이 베어 주겠어!"

다이고는 자신만만하게 외쳤다.

"그 열정은 마음에 든다만, 지금 이 기척은 꼬마 요괴가 아니다. 지난번처럼 쉽게 끝나지는 않을 거야."

"나한테 맡겨 두라고! 아, 마력은 당연히 빌려주겠지?"

"오오, 세게 나오는군."

"불만 있어?"

"네가 검으로 맞서겠다면 나도 할 말 없지."

우타키가 피식 웃으며 다이고의 몸 안으로 들어갔을 때였다.

쨍그랑!

요란한 소리와 함께 베란다 유리창이 와장창 깨지고, 커튼이 크게 흔들렸다. 이어서 "으아아악!" 하고 절규하는 소리가 뒤따랐다.

"소야 목소리야!"

'마침 잘됐군. 들어갈 곳이 생겼어.'

우타키의 마력을 빌려 다이고는 2층으로 훌쩍 뛰어올라 베란다 난간에 섰다.

베란다에서 들여다본 집 안은 난장판이었다. 바닥에 온통 유리 조각이 흩어져 있었고, 찌개 냄비가 바닥에 엎어진 채 나뒹굴며 사방에 쏟아져 있었다.

다이고는 침을 꿀꺽 삼키고 집 안으로 들어갔다. 안에는 세 사람이 한데 뒤엉켜 있었다. 소야, 소야를 부둥켜안고 있는 엄마, 그리고 호리호리한 소년이 엄마를 떼어 내려고 안간힘을 쓰고 있었다. 분명 소야의 형일 것이다.

"가즈야, 그만! 제발 방으로 돌아가!"

소야의 엄마가 비명을 지르면서 어떻게든 가즈야를 밀쳐 내려고 안간힘을 썼다. 가즈야는 들은 체도 하지 않고 시뻘건 얼굴로 소야의 다리를 붙잡고 놓지 않았다.

"역시 네가 요괴였구나!"

다이고는 우렁차게 외치고 검을 뽑았다. 그러자 세 사람은 움직임을 멈추고 동시에 다이고를 돌아보았다.

"너는…… 누구야?"

"대체 어떻게 들어온 거니?"

가즈야와 엄마가 동시에 소리쳤다.

얼떨떨한 표정으로 다이고를 보는 가즈야의 눈매가 소야와
닮아 있었다.

"너 소야 친구야? 지금 장난감 칼로 뭐 하자는 거야?"

가즈야가 황당하다는 듯 물었다.

"당장 그 몸에서 나가!"

다이고는 가즈야에게 검을 겨누고 위협했다.

가즈야는 잠시 말이 없더니, 한숨을 한 번 내쉬고 말했다.

"무슨 말을 하는지 모르겠지만, 헛소리 집어치우고 구급차나
불러 줘."

"구, 구급차?"

다이고는 당황해서 되물었다.

이건 전혀 생각지도 못한 전개였다.

"혹시…… 요괴…… 아니었어?"

"뭐? 요괴?"

가즈야가 고개를 갸웃거렸다.

"저 부적은……."

"저 문짝에 붙어 있는 거? 저건 건강 기원이라나 뭐라나 하
면서 소야가 멋대로 붙여 놓은 거야."

다이고는 당황했다.

'그럼 누가 요괴지?'

"가즈야, 넌 방으로 들어가라니까!"

87

소야의 엄마가 다시 소리쳤다.

"엄마! 그러면 소야가……."

"너는 이제 겨우 침대 신세를 벗어났잖니! 엄마가 어떻게든 해 볼게!"

"소야도 병이 난 건지도 모르잖아요! 매일 밤마다 이럴 수는 없다고요!"

"그만하고 빨리 가!"

가즈야를 방으로 돌려보내려는 엄마와 완강히 저항하는 가즈야가 밀치락달치락하고 있을 때였다.

"그만해애애애애!"

내내 잠자코 있던 소야가 소리쳤다. 처절한 절규에 모두 움직임을 멈췄다.

"싸우지 마! 나는 괜찮으니까. 최대한 버틸 거라고!"

바들바들 떨면서도 소야는 필사적으로 웃어 보였다.

다이고는 소스라치게 놀랐다. 소야를 감싸고 있던 엄마가 가즈야를 밀어내려고 일어나자 비로소 소야를 제대로 볼 수 있었다. 몸이 테이프로 꽁꽁 묶여 있었다.

'아까 사 온 테이프……?'

소야는 두 팔을 엄마에게 내밀었다.

"떨어질 것 같아요, 엄마. 더 단단히 감아 줘요…… 제발."

소야는 어깨를 들썩거리며 고통스러운 듯이 숨을 몰아쉬었다. 얼굴에서는 땀이 비 오듯 쏟아지고, 온몸이 바들바들 떨리고 있었다.

"구, 구급차! 휴대폰 가져올게요!"

가즈야가 거의 구르듯이 방으로 뛰어 들어갔다. 엄마의 크게 뜬 눈에는 눈물이 가득 고여 있었다.

"엄마…… 찌개 엎은 거…… 미안해요……."

바들바들 떨면서 연신 사과하는 소야를 다이고가 부축해 일으켰다.

"소야, 내 말 들려? 어디 아픈 거야?"

"다이고 형…… 안 돼……. 여기에 있으면…… 안……."

똑.

소야의 턱에서 땀방울이 떨어졌다.

'온다.'

우타키가 말했다.

무엇이 온다는 건지 다이고는 알 수 없었다. 아니, 지금은 알고 싶지도 않았다.

"소야의 어둠은 그때 확실하게 베어 냈잖아. 이 검으로 내가 직접. 그런데 어째서……."

똑, 똑…….

소야의 얼굴에서 땀방울이 연신 떨어졌다. 그제야 다이고는 알아차렸다. 비 오듯 흐르는 땀으로 소야의 온몸은 물을 뒤집

어쩐 듯 흠뻑 젖어 있었다.

"소야, 너 셔츠 속에 있는 거…… 그거 뭐야?"

땀으로 들러붙은 셔츠에 검은 무늬가 비쳐 보였다.

아니, 무늬가 아니었다.

'저건 글자야.'

"속이 메스꺼워. 밤만 되면 땀이 나……. 땀에서 냄새가 나. 토할 것처럼 지독한 냄새가. 더워. 아, 더워……."

소야는 몸부림치며 몸을 마구 긁어 댔다. 팔에 칭칭 감긴 테이프가 어느새 느슨해지자 자유로워진 손으로 셔츠를 갈기갈기 찢었다.

셔츠 아래로 드러난 소야의 맨몸은 기괴하기 짝이 없었다.

온몸에 빈틈없이 부적이 붙어 있었다.

"이거, 나를 지켜 주는 부적이래. 공원에서 만난 사람이 준 거야. 이게 있으면 모두 안전하댔어……."

가쁜 숨을 몰아쉬던 소야는 갑자기 무슨 생각이 들었는지 멍하니 자신의 몸을 내려다보았다.

"어……?"

그 순간, 소야의 몸을 뒤덮은 부적들이 일제히 타오르기 시작했다. 처음 보는 낯선 보랏빛 불꽃이었다. 신기루처럼 흔들리는 불길이 부적을 태우더니 재만 남기고 순식간에 사그라들었다.

'저 불은 뭐였지?'

다이고가 속으로 묻자 우타키가 즉시 대답했다.

'누군가가 마력으로 부적을 태운 거다. 놈이 어디선가 이곳을 보고 있어!'

"모두 부탁이야……. 도망가……."

소야가 괴로운 듯이 몸을 비틀면서 간신히 입을 뗐다.

"우타키…… 내가 소야의 어둠을 떨쳐 낸 거 맞지? 요괴를 베면서 분명히 어둠도 없앤 거지?"

'다이고, 진정해!'

다이고는 소야를 구했다고 믿고 있었다.

"그런데 왜, 왜 소야가 또 요괴가 된 거냐고!"

넷

투명 악마를 없애는 법

★

"으으으으아아아아아아아!"

무시무시한 비명을 지르던 소야의 등이 투두둑 터졌다. 조금씩 벌어지던 틈이 쩍 갈라지더니, 마치 자루를 거꾸로 뒤집은 것처럼 몸 전체가 뒤집혔다. 그리고……

소야가 온데간데없이 사라졌다.

"사라졌어!"

다이고는 눈을 의심했다. 두 눈을 부릅뜨고 둘러보았지만 소야도, 요괴도 온데간데없이 사라지고 없었다.

"제길! 대체 어디로 간 거야…… 으아악!"

문득 아랫배에 강한 충격을 받은 다이고는 순식간에 붕 날아가서 반대편 벽에 처박히고 말았다. 보이지 않는 주먹에 얻어맞은 것이다.

무거운 통증이 배를 짓눌러 숨도 제대로 쉴 수 없었다. 눈을 희번덕거리며 숨을 헐떡이던 다이고는 머리카락을 휘날리는 바람을 느끼고 반사적으로 팔을 올렸다. 두 번째 공격은 겨우 막아 냈다.

소야의 엄마가 혼란에 빠져 소리쳤다.

"이게 어떻게 된 거야! 우리 소야는 어디 갔지?"

"제가 구할게요! 아주머니는 숨어서…… 으아아앗!"

이번에는 막지 못했다. 등을 정통으로 맞은 다이고는 그대로 부엌까지 휙 날아갔다.

"다이고!"

소야의 엄마가 비명을 질렀다.

'방어는 내가 맡는다. 너는 겁먹지 말고 공격해.'

머릿속에 우타키의 목소리가 울려 퍼졌다.

"공격하라니…… 보이지도 않는 적을 무슨 수로 공격하라는 거야?"

'요괴의 기척에 집중해 봐!'

삐걱, 삐걱…….

정신을 집중하자 다가오는 희미한 발소리가 들렸다.

'좋아, 귀를 쫑긋 세우고…….'

다이고는 소리에 의지해 한곳을 노리고 냅다 검을 찔렀다.

하지만 검이 찌른 것은 아무것도 없는 허공이었다. 검을 내지른 팔에 도리어 묵직한 한 방이 꽂혔다.

우타키가 때맞춰 마력으로 막아 주지 않았다면 뼈가 바스러졌을 것이다.

"우씨! 이대로 당하지만은 않아!"

다이고는 휘청거리며 일어났다. 냄비 뚜껑을 주워 방패로 삼고, 검으로는 공격 자세를 취했다.

휘익!

바람을 가르는 소리에 냄비 뚜껑을 들어 막아 냈지만, 곧바로 다리를 걷어차이고 말았다. 바닥에 나동그라진 다이고는 정신을 차릴 새도 없이 또다시 걷어차여 거실까지 부웅 날아갔다. 옆에서 소야의 엄마가 덜덜 떨고 있었다.

보이지 않는 적은 이쪽을 훤히 보고 있었다. 이건 일방적으로 불리한 싸움이었다.

"왜 이러지? 휴대폰이 안 터지네……."

휴대폰을 만지작거리며 방에서 나오던 가즈야가 고개를 들더니 쓰러져 있는 다이고를 보고 그 자리에 얼어붙었다.

"방으로 들어가!"

소리치는 다이고를 향해 부엌에서 식칼이 날아왔다. 다이고는 아슬아슬하게 검으로 식칼을 쳐 냈다.

그 순간 우타키가 한 말이 머릿속에 떠올랐다.

"요괴는 몸을 빼앗은 사람의 영혼에 새겨진 감정까지 흡수한다고 했어. 그렇다면 이놈은…… 소야의 만화 속 투명 악마야!"

그 말을 들은 가즈야가 소스라치게 놀랐다.

"투명 악마?"

"설마……."

가즈야와 얼굴을 마주 본 엄마도 믿을 수 없다는 듯이 입술을 일그러뜨렸다.

"소야는 만화 속 투명 악마를 없앨 방법을 고민하고 있었어요. 혹시 어떻게 죽이겠다는 말 같은 거 못 들었어요?"

다이고가 묻자 소야의 엄마는 힘없이 고개를 가로저었다.

"죽일 방법 같은 건…… 없어. 그건 이미 포기한 작품이니까."

"포기한 작품이라니, 그게 무슨 말이에요?"

"〈투명 악마〉는 내 데뷔작이 될 뻔했던 만화야. 소야가 그걸 보고 자기 혼자 이야기를 만들어 간 거야. 난 그만 포기하라고 했어. 왜냐하면…… 소야가 그걸 계속 붙들고 있으면 내가 포기할 수가 없으니까!"

"그림을 그려 주기로 했다던 전문 만화가가 아줌마였어요? 으아아악!"

보이지 않는 적이 다이고의 발목을 잡아챘다. 다이고는 맹렬한 속도로 끌려가다가 부엌 벽에 내동댕이쳐졌다.

"이제 제발 그만해!"

소야의 엄마가 소리쳤다.

다이고는 온몸이 바스러질 것 같았지만 꾹 참고 말을 이었다.

"소야는 엄마가 그린 만화를 엄청 좋아했어요. 그 만화를 구상하면서 무척 뿌듯해했으니까요. 그러니까 아주머니가 끝을 내 주세요. 저놈을…… 투명 악마를 없애려면 만화를 완성시켜야 해요!"

부웅!

식탁 의자가 공중에 떠올라 날아왔다. 다이고를 향해 곧장 날아오던 의자는 코앞에서 우타키가 쏘는 마력을 맞고 튕겨 나가 산산조각이 났다.

'이제 방법이 없다. 요괴를 잡으려면 마력을 써서 이 집을 통째로 날려 버리는 수밖에 없어!'

우타키가 초조한 목소리로 말했다.

"집을 부수는 건 안 돼."

'너 바보냐? 이대로 가면 네 몸이 견디지 못해!'

하지만 다이고는 동의할 수 없었다. 정신을 차려 보니 살 집이 없어진 상황이라면, 소야와 가족들이 얼마나 괴로워할지는 안 봐도 뻔했다.

'그렇다고 소야를 절망에 빠뜨릴 수는 없어! 내가 어떻게든 해 볼 테니까……'

하지만 보이지도 않는 요괴를 상대할 뾰족한 수가 없었다. 방법을 생각해 볼 여유는 더더욱 없었다.

그때였다.

"아, 이건……"

소야의 책가방에서 튀어나온 공책을 집어 들며, 소야의 엄마가 신음을 내뱉었다.

"저 애는 포기하지 않았구나……"

공책을 한 장씩 넘기는 엄마의 눈에서 하염없이 눈물이 흘러내렸다.

그러다 문득 공책을 넘기던 손이 멈추었다. 소야의 엄마는 뭔가를 발견한 듯 공책을 뚫어져라 들여다보았다.

"이거 설마…… 우리 소야가……?"

다이고는 비틀비틀 일어났다.

"야, 그런 몸으로…… 어쩔 건데."

가즈야가 쭈뼛거리며 말렸다.

"이대로 주저앉아 있을 순 없어. 소야를 반드시 구할 거야. 그러지 못할 거라면 애초에 여기 오지도 않았다고."

다이고는 이를 악물고 검을 꽉 쥐었다. 다리가 후들거렸지만 휘청거리면서도 검을 짚고 일어나 자세를 가다듬었다.

"다이고…… 우리 소야를 포기하지 않겠다니 정말 고맙구나. 그렇다면……."

소야의 엄마는 입술을 꽉 깨물고 고개를 번쩍 들었다. 그러고는 재빨리 부엌으로 달려가 찬장을 뒤적여 무언가를 꺼내 왔다.

"나도…… 포기하지 않겠어!"

소야의 엄마는 단호하게 외치며 손을 크게 휘둘렀다.

손에 든 것이 허공에 흩뿌려졌다. 순식간에 주변이 온통 새하애졌다.

'밀가루?'

다이고가 하얀 가루의 정체를 알아차린 순간, 집 안을 가득 메운 밀가루 구름 사이로 움직이는 형체가 보였다.

"찾았다!"

부엌 식탁 아래 웅크리고 있던 그 형체는 밀가루가 내려앉자 점점 또렷하게 모습을 드러냈다.

"숨바꼭질은 끝났다!"

혼신의 힘을 다한 다이고의 검이 요괴를 그대로 꿰뚫었다.

다섯
포기한 꿈
★

순간, 어둠이 다이고를 감쌌다. 소야의 어둠 속은 뜻밖에도 그다지 어둡지 않았다.

희미한 어둠 속에서 누군가의 등이 보인다. 그 사람은 열심히 펜을 움직인다. 바로 옆 책상에는 커다란 팔레트가 놓여 있다.

'저건 소야의 엄마야. 만화를 그리고 있나 보군.'

방해가 되지 않도록 조금 떨어져서 엄마의 작업을 바라보는 소야의 시선이 다이고와 겹쳐진다.

"투명 악마?"

어느새 소야는 다른 방에 와 있다. 발 디딜 틈 없이 방을 가득 메운 유화 캔버스에는 갯버들과 뱀딸기 등 온갖 야생초와 나무가 세밀하게 그려져 있다. 유화 물감 냄새가 코를 찌른다.

"이거, 아빠의 다음 개인전 이야기예요?"

소야가 무언가를 보면서 고개를 갸웃하자 아빠가 백일

홍을 그리던 붓을 멈추고 미소를 짓는다.

"아니, 엄마가 데뷔작으로 그리는 단편 작품이란다. 투명 악마는 작품에 선보이려고 구상한 악당 캐릭터래."

"우아, 엄청 재미있겠다! 그런데 투명 악마는 어떻게 해치워요?"

"지금 그래서 고민이란다. 엄마도 악마를 해치울 방법이 떠오르지 않아서 끙끙대고 있거든. 그래서 말인데, 소야 네가 엄마를 도와줄래?"

"제가요?"

"너 이야기 잘 만들잖아. 지난번에 만든 이야기도 재미있던걸."

"에이, 그래도 저보단 아빠 아이디어가 더 좋잖아요."

소야는 둥근 회전의자에 앉은 채 빙그르르 한 바퀴 돈다.

"아니지, 이건 네가 할 일이야. 엄마가 SNS 계정에 만화를 올리기 시작한 뒤로 네가 최고의 열성팬이 됐잖니. 어렵게 데뷔 기회를 잡았는데, 너도 엄마의 데뷔작이 무지무지 재미있었으면 좋겠지? 그러려면 엄마의 작품을 속속들이 알고 있는 네가 아이디어를 내는 게 좋아. 엄마의 그림 실력에 네 이야기가 합쳐지면 최고의 작품이 될 거야!"

아빠는 화가다. 스스로는 '가난한 그림쟁이'라며 웃곤 하지만, 화가로서 아빠는 누구보다도 열정적이다. 그런 아빠를 소야는 일류 예술가라고 생각한다. 아빠의 그림이 어느 책의 표지로 쓰였을 때는 온 학교에 자랑했을 정도다.

그런 아빠가 엄마가 그리는 만화와 소야의 이야기를 인정해 준 것이다. 가슴 벅찬 일이다! 소야는 한껏 부푼 목소리로 당당하게 말한다.

"좋아요! 엄마가 데뷔할 수 있도록 제가 힘껏 밀어 줄 거예요. 아빠는 지켜보세요!"

"부탁한다, 소야."

아빠는 아주 소중한 것을 떠맡긴다는 듯이 고개를 끄덕이며 미소 짓는다.

하지만 소야의 마음은 갑자기 빛깔을 잃고 어두워진다. 어둠이 부쩍 짙어졌다.

다시 엄마의 등이 보인다. 이젠 완전히 움츠러들고 축 처진 등이다. 엄마의 작업실엔 아빠의 영정 사진이 놓여 있다.

"아, 이런! 벌써 시간이 이렇게 됐네. 빨리 저녁 준비하고 일하러 가야 하는데."

허둥지둥 저녁을 준비하던 엄마가 지친 얼굴로 시계를 본다.

"엄마, 이거 좀 보세요."

소야가 공책을 펼친다. 투명 악마 이야기를 구상한 아

이디어 공책이다. 제법 공들인 티가 나는 공책에는 네모난 칸과 말풍선까지 그려져 있다.

"제가 이야기를 생각해 봤어요. 결말도 몇 가지 만들었는데……."

엄마는 소야의 말이 들리지 않는지 눈길조차 주지 않는다. 그저 묵묵히 식탁에 접시를 놓을 뿐이다.

"엄마, 이거……."

쨍그랑!

갑자기 엄마가 접시를 식탁에 내동댕이친다. 소야는 깜짝 놀라 펄쩍 뛰어오른다.

"소야! 엄마는 어떻게든 먹고 살려고 애쓰고 있어. 정말 모르겠니?"

"엄마……."

"아빠가 돌아가셨어! 이제 엄마가 열심히 일해야 해. 팔릴지 안 팔릴지 모르는 만화나 그릴 때가 아니란 말이야. 부탁이니까. 이제 만화 얘기는 그만해."

"하지만 만화가로 데뷔하면 돈을 벌 수 있잖아요. 저도 도울 테니까……."

"때론 포기해야 할 때도 있어! 그만 좀 해! 엄마가 이렇게 안간힘을 쓰고 있잖아!"

'포기해? 그만둔다고? 내가 도울 순 없는 건가?'

"이제 그렇게 노닥거리고 있을 수 없다는 말이야."

방에서 나온 가즈야가 쐐기를 박는다. 무서운 얼굴로 식탁에 앉으며 가즈야는 말을 잇는다.

"나도 이제 병이 나았으니까 일하러 나갈 거야. 소야 너도 만화 같은 건 신경 끄고 공부나 열심히 해."

"형, 대학은 안 가기로 한 거야?"

그 말에 가즈야의 눈빛이 흔들린다. 힐끗 엄마 눈치를 보고 가즈야는 아무렇지 않다는 듯이 대꾸한다.

"학교 대신 현장에서 직접 경험을 쌓기로 한 것뿐이야."

"하지만 아빠도 엄마가 그리는 만화에 기대를……."

"소야!"

소야의 말을 가로막는 가즈야의 얼굴이 다시 험상궂어진다.

"엄마가 얼마나 애쓰고 있는지 알아? 너만 그렇게 멋대로 굴면 안 되지."

'내가 멋대로 군다고?'

사랑하는 엄마가 좋아하는 만화를 그리는 것을 돕고 싶은 것뿐이다. 그런데 뭐가 멋대로 구는 것이며 뭐가 애를 쓴다는 것인가. 소야는 무슨 말인지 이해할 수가 없다.

다만 엄마와 형의 웃는 얼굴을 보고 싶다. 그래서 소야는 고개를 끄덕일 수밖에 없다.

"그럼 나도…… 애써 볼게."

차마 '포기한다'는 말을 입 밖에 낼 수 없었던 소야는 그렇게 돌려 말한다.

집으로 돌아오는 길에 공원에 들른 소야는 몇 번이나 공책을 찢어 버리려고 한다. 하지만 공책을 움켜쥘 때마다 손이 딱 멈춰 버린다. '부탁한다'고 당부하던 아빠의 얼굴이 떠오른다. 만화 작업에 몰두해 있던 엄마의 모습이 떠오른다. 무엇보다 소야 자신이 즐거웠던 기억이 떠오른다. 엄마와 아빠가 자신을 믿고 의지해 준 것이, 자신이 힘이 될 수 있다는 것이, 작품을 만들 수 있다는 것이 기쁘고 자랑스러웠다.

"아직도 미련을 못 버리는 건 내가 참을성이 부족해서야. 더 참고, 더 애써야 해. 그렇지 않으면 엄마가 슬퍼할 테니까."

정신을 차려 보니 어느새 발밑에 보랏빛 안개가 자욱이 깔려 있다.

"더 이상 애쓰지 않아도 된다."

안개 속에서 떠오른 두 개의 눈동자가 소야를 지그시 바라본다.

여섯
가족을 위해서
★

다이고는 어둠을 떨쳐 내고 눈을 떴다.

파란 불꽃에 휩싸인 요괴의 윤곽이 서서히 녹아내리고 있었다. 쓰러지는 소야를 엄마가 재빨리 받아 품에 안았다.

"아주머니, 밀가루를 뿌린 건…… 정말 좋은 생각이었어요. 소야는 이제 괜찮을 거예요."

다이고는 헉헉대며 말하고는 철퍼덕 주저앉았다. 긴장이 풀리자 온몸이 욱신욱신 쑤셨다.

"소야의 아이디어였어."

소야의 엄마가 공책을 들어 다이고에게 보여 주었다. 펼쳐진 페이지에는 이런 내용이 적혀 있었다.

> ▣ 투명 악마를 없애는 법
> ① 모래를 뿌려 발자국을 찾는다.
> ② 밀가루를 잔뜩 뿌려 윤곽이 드러나게 한다.

"우아, 머리 좋은데!"

다이고가 감탄하자 아들을 품에 안은 채 소야의 엄마가 눈물을 흘렸다.

"사실 만화를 포기하고 싶지 않았단다. 하지만 나는 생계를 책임져야 했어. 소야는 내가 꿈을 포기하지 않도록 계속 격려해 줬지만, 그런 말을 들을수록 난 괴로워서…… 그럴 때마다 조바심이 나서 소야를 윽박질렀단다. 실은 나도 마음속에 미련이 남아 있었던 거야. 미안해, 소야. 엄마가 잘못했어."

엄마의 말이 끝나길 기다렸다가 가즈야가 나지막이 말했다.

"아빠가 돌아가시고 엄마가 생계를 맡아 열심히 일하신 건 누구 탓도 아니에요. 저도 소야도 다 이해해요. 그래서 저도 열심히 하려고 했고…… 소야도 같은 마음이었을 거예요. 다만, 방법이…… 조금…… 달랐던 것뿐……."

갑자기 졸음이 몰려오는지 가즈야는 말을 마치지 못하고 눈을 감았다.

'요괴와 같이 살면서 요괴의 나쁜 기운을 흡수한 거야. 이 사람들도 곧 잠이 들 거다. 깨어나면 다 잊을 거고.'

우타키가 말하는 사이에 가즈야는 털썩 쓰러져 잠이 들어 버렸다.

"이젠 포기하지 않을 거야……. 소야와 함께…… 반드시 작품을 완성시키겠어……."

그렇게 말하는 아주머니의 눈도 서서히 감겼다.

"아주머니, 아직 잠드시면 안 돼요! 소야가 저 부적을 누구한
테서 받았는지 말해 주세요!"

"나는 모르지. 소야가 밤이 되면 자기 안에서 악마가 날뛴다
고······ 그러더니 악마를 가둬 두는 부적을······ 얻었다고 하면
서······."

그 말을 끝으로 아주머니는 픽 쓰러져서 그대로 잠들었다.

"으으, 대체 누가 무슨 의도로 이런 짓을······."

다이고는 조바심이 나서 머리를 감싸 쥐었다.

어느새 다이고의 몸에서 나온 우타키가 소야에게 가까이 다
가가 잠든 모습을 가만히 관찰했다.

"밤만 되면 악마가 날뛰었다라······ 그렇다면 이 꼬맹이가 자
기 몸 안에 들어온 요괴를 꼼짝 못 하게 억누르고 있었다는 말
이로군."

"그게 가능해?"

"특별히 정신력이 강한 사람이라면 불가능한 일도 아니지.
이 아이에게는 가족을 위해서 참고 견디겠다는 강한 마음가짐
이 있었을 테니까, 요괴를 자기 안에 가둬 두면서 육체를 쉽게
내주지 않던 거다."

"참고 견디는 데도 한계가 있었을 텐데."

다이고의 표정이 복잡해졌다.

"저 벽에 난 손톱자국 봤지? 내 생각인데, 소야는 요괴를 완

전히 억누르지는 못한 것 같아. 가끔 육체를 빼앗기고 집 안에서 날뛰었을 거야."

"그래서 아픈 형을 지키려고 문에 부적을 붙여 놓았던 건가."

"그래. 그리고 자기 안에 있는 요괴를 억누르기 위해서 자기 몸에도 테이프를 붙였던 거고."

그제야 다이고는 소야가 자신의 팔을 테이프로 칭칭 묶었던 이유를 알 수 있었다. 소야에게는 지켜야 할 가족이 있었다.

"어차피 잠에서 깨면 다 잊어버리겠지만…… 다들 집 안 꼴을 보고 소야가 어떤 외로운 싸움을 벌였는지 조금이라도 기억하면 좋겠어."

다이고는 집 안을 느릿느릿 둘러보았다. 가구는 거의 부서졌고, 벽은 군데군데 파여 있는 데다 온통 밀가루 범벅이 되어 있었다.

"이 녀석의 엄마와 형은 요괴가 씌었던 게 아니니 바로 일어날 거다."

"그럼 공책은 여기에 두고 가야겠네. 읽다 보면 소야의 마음을 알게 되겠지."

다이고는 기도하는 마음으로 소야의 공책을 잠든 아주머니 곁에 놓아두었다.

"소야, 너무 참고 견디려고 애쓰지 마. 너 자신도 소중히 여겨야 해."

다이고는 곤히 잠든 소야의 귓가에 속삭였다.

그 말을 들은 우타키가 나직이 중얼거렸다.

"그 말 그대로 너 자신에게 들려줘라."

일곱

주정뱅이 두목의 선물

★

"그럼 슬슬 가 볼까."

입으로는 그렇게 말했지만 다이고는 도무지 일어설 수가 없었다. 몸도 지쳤지만 특히 마음이 납덩이처럼 무거웠다.

"할 말이 남은 모양이군."

공중에 책상다리를 하고 떠 있는 우타키가 다이고를 보며 말했다. 그 눈빛이 마치 마음속을 꿰뚫어 보는 것 같았다.

"말하지 않고 속으로 삭이면 병난다."

다이고는 머뭇거리며 입을 열었다.

"지난번에 소야의 마음속 어둠을 분명 떨쳐 냈는데, 또 요괴가 씌었어. 그 말은, 이 검으로 아무리 사람의 어둠을 베어도…… 어둠은 다시 생겨난다는 거지, 맞아?"

"인간은 원래 그런 존재다."

너무도 태연한 우타키의 대답에 다이고는 어금니를 꽉 깨물었다.

"원래…… 그런 거라고?"

우타키는 말없이 눈빛으로 계속 말해 보라고 재촉했다.

"어두운 마음이 요괴를 끌어들이잖아. 그래서 요괴를 베는 동시에 어둠을 물리쳐서 사람들을 지킨다고 생각했어."

"네 말대로다."

"하지만 사람들이 스스로 계속 어둠을 만들어 낸다면, 검이 아무리 어둠을 떨쳐 낸다 해도 그때뿐이잖아, 안 그래? 물론 요괴한테서 인간을 구하는 게 의미 없다는 말은 아니야. 다만…… 검의 계승자는……."

다이고는 적당한 말이 떠오르지 않아 잠시 말을 멈추었다. 그러자 우타키가 이어서 말했다.

"어둠을 물리칠 때마다 그 사람의 어둠을 봐야 하지. 그리고 그건 괴로운 일이고."

"그래, 괴로워. 그리고 어차피 어둠이 다시 생겨난다고 생각하면 앞으로는…… 더 괴로워지겠지."

한심하고 나약하다는 말을 들어도 어쩔 수 없었다. 이게 다이고의 진심이었다. 문득 허리춤의 검을 내려다보았다. 자신이 의지하는 유일한 무기였지만, 마치 검이 자신에게 이빨을 드러내는 것 같았다.

"대체 왜 검을 쓸 때마다 어둠 따위를 봐야 하는 건데!"

"그건 다른 사람이 답해 줄 수 있는 문제가 아니다. 네가 직접 그 답을 찾아라."

우타키는 평소와 다름없는 말투였지만 어쩐지 그 대답이 차갑게 느껴졌다. 다이고는 우타키를 살짝 노려보았다.

순간 우타키의 다급한 시선이 옆을 향하더니, 다이고의 눈앞이 온통 깜깜해졌다.

"어……?"

다이고는 어느새 우타키의 깃털 도롱이에 감싸여 있었다.

"아까는 어찌나 소란스럽던지 말이야."

투덜거리는 할머니의 목소리가 들렸다. 도롱이 밖으로 목을 빼고 내다보니 어느새 현관에 할머니가 서 있었다. 아까 1층에서 소야에게 인사를 건넨 앞치마 차림의 할머니였다.

"네놈은……!"

우타키의 험악한 목소리에 다이고는 어쩔 줄을 몰랐다.

"우타키, 이 할머니는 1층에 사시는…… 어?"

다시 보니 할머니의 눈동자가 보랏빛으로 빛나고 있었다.

할머니는 눈을 가늘게 뜨고 우타키를 보며 실실 웃었다.

"주정뱅이 두목!"

우타키의 입에서 생각지도 못한 이름이 튀어나오자 다이고

는 심장이 쿵 내려앉았다.

"에이, 벌써 들킨 거야?"

"주정뱅이 두목이라고? 이 할머니 안에 들어간 거야?"

다이고는 할머니를 다시 보았다. 요괴가 풍기는 기척도, 냄새도 없었다. 이렇게까지 완벽하게 기척을 숨기는 요괴는 처음이었다.

"날 만나고 싶었지? 나도 만나고 싶었다고. 이게 얼마 만이야, 천 년 만인가? 아니, 더 오래됐던가?"

"봉인은 어떻게 푼 거냐."

주정뱅이 두목은 우타키를 보며 고개를 갸웃거렸다.

"그간의 이야기는 나중에 천천히 하자고. 나는 좀 앉아야겠어. 당장 손에 넣을 수 있는 인간의 몸이 이것밖에 없어서 할 수 없이 들어오긴 했는데 말이야. 아, 계단을 올라오는 것만 해도 한참이 걸리더군그래."

할머니는 웃차, 소리를 내며 현관 앞에 주저앉았다.

"꼬마 요괴도, 부적도, 다 네놈이 꾸민 짓이지!"

우타키가 으르렁대듯 물었다.

"어이쿠! 용케 그걸 알아차렸네."

"부적은 인간이 쓰는 주술이다. 요괴인 네가 어떻게 부적을 쓴 거지?"

"그건 내가 만든 게 아니야. 뭐, 내가 꾸민 일이긴 하지만."

114

"뭐라고?"

"이 몸은 성가신 건 딱 질색이거든. 그래서 계책을 하나 떠올렸지."

주정뱅이 두목은 할머니의 얼굴로 장난스럽게 웃으며 할머니의 말투로 말을 이었다.

"용수철이란 걸 알려나? 작게 움츠러들었다가 다시 커지며 튀어 오르는 거 말이야. 인간도 요괴도 그것과 같지 않을까 싶지 뭐야. 망가지기 직전까지 억누르는 거지. 극한까지 참고 견디게 하는 거야! 그러면 마음속 어둠도 깊어지고, 인간의 몸에 들어간 요괴도 더욱 거세게 날뛰거든! 이것이 고작 인간 하나를 재료로 써서 요괴의 힘을 한계까지 끌어내는 방책이야. 보아하니 성공인 것 같구먼."

우타키의 뒤에서 듣고 있던 다이고는 분노로 머릿속이 후끈 달아오르는 것 같았다. 장난스러운 말투가 화를 더욱 부채질했다.

주정뱅이 두목은 신이 나는지 계속 떠들어 댔다.

"후훗, 그것도 보통 큰 성공이 아니지! 설마 그 녀석이 투명해지기까지 할 줄이야. 참으로 재미있었지!"

"웃기지 마! 사람이 무슨 장난감인 줄 알아?"

다이고는 결국 참지 못하고 소리쳤다.

"응? 거기 누가 있었어? 하도 작아서 안 보였지 뭐야."

"입 닥쳐! 널 반드시 베어 버릴 테니까!"

"쯧쯧, 이런 꼬맹이가 검의 계승자라니, 웃겨서 정말! 관문지기 중에 그렇게 인물이 없나?"

"다시 나타난 목적이 뭐냐!"

우타키도 이제는 분노를 감추지 않았다. 주정뱅이 두목은 할머니의 얼굴에 어울리지 않게 히죽거리며 웃었다.

"다 알면서 뭘 새삼스럽게 묻고 그럴까. 내 입으로 말해 줘? 검의 계승자를 없애는 것. 관문지기 녀석들을 모조리 없애는 것."

"흥, 대담하게 나오는군."

"아, 헌데 보아하니 지금 이대로는 어려울 것 같군그래. 네 놈이 계승자의 몸을 차지하고 있으니 이거야말로 범에게 날개를…… 아니지, 요괴에게 검을 쥐여 주는 격이라고 해야 하나?"

우타키가 몸을 슬쩍 움직였다. 여차하면 공격할 태세였다.

"아, 싸울 생각일랑 접어 두셔."

주정뱅이 두목은 항복한다는 듯 두 손을 들어 올렸다.

"딱 보면 알잖아? 설마 이 몸이 이런 몸뚱이로 싸우러 왔다고 믿는 건 아니겠지. 오늘은 그저 오랜 친구에게 인사나 할까 해서 온 거야."

주정뱅이 두목은 히죽히죽 웃으면서 앞치마 주머니에서 파티에 쓰는 폭죽을 꺼냈다.

"이게 뭔지는 알겠지? 축하할 때 쓰는 거라더군. 자, 쏜다. 하나, 둘, 셋!”

주정뱅이 두목이 셋을 세는 동시에 ‘펑’ 하는 소리와 함께 알록달록한 종이가 터져 나왔다.

순간적인 폭발음에 주의가 흐트러진 다이고의 귓가에 할머니가 속삭이는 소리가 들렸다.

“받아라, 선물이다.”

“앗!”

다이고는 펄쩍 뛰었다. 주정뱅이 두목은 믿기지 않는 속도로, 눈 깜짝할 사이에 다이고의 등 뒤에 와 있었다.

우타키가 뒤를 돌아보고 마력을 쏘기 위해 팔을 뻗는 동시에 할머니의 몸이 스르르 무너져 내렸다. 다이고는 황급히 할머니를 받아 안았다.

“육체를 버리고 도망쳤다. 인간의 희생을 즐기는 악취미는 여전하군.”

우타키가 분한 듯 중얼거렸다.

주정뱅이 두목은 이미 온데간데없이 사라졌다. 다이고의 품에서 할머니는 고른 숨소리를 내며 잠들어 있었다.

“와, 빛보다 빠른 거 같은데.”

다이고는 혀를 내둘렀다.

“너 괜찮은 거냐?”

우타키가 굳은 목소리로 물었다.

"응, 딱히 다친 덴 없어. 아니, 잠깐만! 뭐야, 등이 따뜻한데?"

어깨뼈 근처에서 무언가가 만져졌다. 현관 거울 앞으로 가서 셔츠를 들추자, 등에 네모난 종이가 붙어 있었다.

"이게 뭐지?"

종이는 싱겁게 떨어졌지만, 종이가 붙어 있던 피부에는 빨간 줄무늬가 희미하게 남아 있었다. 세로로 네 줄, 가로 다섯 줄의 격자 모양 무늬였다.

"이건…… 액막이 무늬다."

"액막이라면 나쁜 기운을 막아 주는 거 아니야? 그게 왜 내 등에…….."

무늬를 살피던 우타키가 갑자기 소스라치게 놀랐다.

잠시 뒤 우타키는 신음하듯이 말을 내뱉었다.

"하아, 앞으로는…… 내가 네 몸 안에 들어갈 수 없게 됐다."

"뭐라고?"

"받아라, 선물이다."

주정뱅이 두목의 비웃음 섞인 목소리가 다이고의 귓가에 울리는 듯했다.

3장

행방불명

미카게 마시로는 신사 안에 우두커니 서 있었다.

공기는 살을 에는 듯 차가웠고, 주변에는 사람 그림자 하나 없었다.

마시로는 나무 밑 땅바닥에 축 늘어진 새를 내려다보고 있었다.

새는 죽어 있었다.

'피가 나지 않아도 죽을 수 있구나.'

마시로가 알고 있는 '죽음'에는 많은 피가 흘렸다.

지이잉…….

갑자기 머리가 울리고 온 세상이 아찔하게 돌기 시작했다. 극심한 현기증이 일어서 마시로는 땅바닥에 손을 짚고 주저앉고 말았다.

그날, 눈앞에서 하나의 생명이 스러진 날.

그날부터 마시로는 시도 때도 없이 찾아오는 현기증에 시달렸다. 서 있는 것조차 버거울 만큼 극심한 현기증이었다. 게다가 이제 겨우 열한 살인데도 검고 긴 머리카락 일부가 백발이 되어 버렸다.

"현기증이 나는 것도, 머리가 하얗게 센 것도 다 사고를 목격한 정신적 충격 때문일 거예요."

의사는 그렇게 말하고 약을 처방해 주었다.

받아 온 약은 전부 버렸다. 치료를 해 봤자 무슨 의미가 있을까 싶었다.

마시로는 책가방 안에서 책을 꺼내 들었다. 이 책을 선물로 받은 것은 반년 전, 생일날이었다.

"마시로, 생일 축하해."

그날 아침, 남동생 아오바가 서점 포장지에 싸인 선물을 내밀었다.

"내가 그렇게 부르지 말랬지! 마시로 누나라고 불러."

마시로는 평소처럼 짜증스럽게 대꾸했다.

아오바 역시 여느 때와 마찬가지로 마시로의 말을 귓등으로도 듣지 않았다. 그저 싱글벙글 웃으면서, 책상에 앉아 있는 마시로에게 몸을 쑥 내밀었다.

"얼른 뜯어 봐! 이거 진짜 재밌는 책이래."

초등학교 3학년인 아오바는 누나인 마시로와 모든 면에서 정반대였다.

낯을 가리고 무뚝뚝한 마시로와 달리 아오바는 붙임성이 좋고 애교가 많아서 누구에게나 사랑받는 아이였다. 늘 외톨이인 마시로와 반대로 아오바는 언제나 가족과 친구들의 중심에 있었다. 무엇보다 얼굴에서는 웃음이 떠나지 않았다. 아오바는 보석처럼 빛나는 아이였다.

"빨리 열어 보래도."

아오바의 재촉에 못 이겨 선물 포장을 풀자 두툼한 단행본 책이 나왔다.

"《겐지 이야기》네……."

교과서나 참고서처럼 밋밋한 표지였다.

"최고의 걸작 소설이래! 인터넷 서점 광고에 그렇게 나와 있었어."

아오바가 눈을 반짝이며 말했다.

생일 선물이 고작 고전 문학 작품이라니……. 마시로의 얼굴이 딱딱하게 굳어졌다.

마시로의 표정을 잘못 읽어도 단단히 잘못 읽은 아오바는 하늘이라도 뚫을 듯이 의기양양한 표정이었다.

'아니…… 내가 아무리 책을 좋아해도 그렇지, 이렇게 어려운 책을…….'

"어떻게 읽으라는 거야."라는 말이 입 밖으로 나오려는 순간, 아오바가 애지중지하던 돼지 저금통의 배를 가르던 장면이 떠올랐다.

'이걸 사려고 그랬구나.'

어차피 인터넷 검색창에 '걸작'이나 '소설' 따위의 검색어를 넣어 맨 위에 뜬 책을 샀을 것이다.

'참 한결같이 단순한 녀석이라니까.'

하지만 아오바가 누나를 생각하는 마음으로 용돈을 탈탈 털었다는 것은 사실이었다. 누나로서 기꺼운 마음으로 받아들여야 했다.

"와…… 재미있겠다……."

어색하기 짝이 없는 감사 표시였다.

'좀 더 커 봐라, 이 선물로 잔뜩 놀려 줄 테니.'

마시로는 아오바를 보면서 속으로 피식 웃었다.

무심결에 기억을 더듬고 있던 마시로는 문득 고개를 들었다. 찬 바람 속에서 미지근한 공기가 느껴졌다.

신사 한구석에는 오래된 우물이 있다. 아마 거기서 올라온 바람일 것이다.

마시로는 비틀비틀 일어나 우물가로 다가갔다. 뚜껑 역할을 하는 철망이 조금 어긋나 있어서 어렵지 않게 들어 올릴 수 있었다.

우물 안은 깊고 깊은 어둠이었다.

문득 느껴졌다.

'이 안에 다른 세계가 있어.'

그냥 직감으로 알 수 있었다.

"아, 열려 있었군."

머리 위에서 불쑥 목소리가 들려왔다.

돌아보니 키가 큰 남자가 마시로의 등 뒤에서 우물을 들여다보고 있었다.

긴 코트를 입은 그 남자에게서는 아주 좋은 냄새가 났다. 지난 반년 동안 집 안에 은은하게 감돌던 향냄새와 비슷한 냄새였다.

'하지만 향보다 달콤하고 미묘한 냄새야. 음, 어쨌든 좋은 냄새야.'

"과연. 땅거미가 지는 시간이라 경계가 열린 거로군."

남자는 중얼거리며 마시로를 똑바로 바라보았다.

"너는 뭐가 그리 괴로운 거냐?"

"네?"

물끄러미 바라보는 남자의 눈을 보자 어째서인지 말이 술술 나왔다.

정신을 차렸을 때는 '그날' 눈앞에서 일어난 일을 전부 말해버린 뒤였다.

"허어, 그랬구나."

남자가 고개를 끄덕였다.

"이쪽 세계에 머무는 한 너는 언제나 괴로울 거다."

"이쪽 세계……?"

"그래서 네가 저쪽 세계에 끌리는 거지, 안 그래?"

'역시 우물 속에는 다른 세계가 있어. 이 사람은 그걸 알고 있는 거야.'

마시로의 입에서 저도 모르게 말이 튀어나왔다.

"저도 저쪽 세계로 갈 수 있어요?"

"갈 수는 있지. 위험한 곳이니 목숨을 잃겠지만."

그 말을 곱씹어 보듯이 마시로는 천천히 고개를 끄덕였다.

남자는 말을 계속했다.

"그쪽 세계의 관문지기를 만나거든 내가 기다리고 있다고 전해 주겠니?"

"관문지기?"

"까마귀 같은 모습을 하고 있다. 바로 알아볼 수 있을 거야."

혼잣말 같은 아리송한 말을 남기고 남자는 어둠 속으로 사라졌다.

마시로는 다시 한 번 우물을 들여다보았다. 어쩐지 깊은 어둠이 그곳에서 자신을 마주 보는 것 같았다.

또다시 현기증이 일었다. 세상이 빙그르르 돈다고 느낀 순간…… 마시로는 깊이를 알 수 없는 어둠 속으로 스르르 빨려 들어갔다.

하나
요괴를 보는 여학생
★

"에잇, 또 헛걸음이잖아."

다이고는 어깨를 축 늘어뜨렸다.

등에 액막이 문양이 찍힌 지 일주일이 지났다. 문양 때문에 우타키가 몸에 들어올 수 없었지만, 그 이후로 주정뱅이 두목은 나타나지 않았다.

"일부러 미쓰케 시까지 찾아왔는데."

삿피 마을에서 자전거로 내리 두 시간을 달려 미쓰케 시에 도착했다. 이곳은 삿피 마을과는 비교도 할 수 없을 정도로 번화한 도시다.

"사람들이 모이는 곳은 어둠이 짙다. 요괴들이 거기에 이끌려 자연스럽게 모여들지."

우타키의 말만 믿고 열심히 페달을 밟았건만, 시내를 아무리 돌아다녀도 주정뱅이 두목의 기척은 전혀 느낄 수 없었다.

지금 둘은 시내에 있는 미도리가오카 고등학교 옥상에 올라 시내를 내려다보고 있었다. 다이고는 사람들 눈에 띄지 않도록 에어컨 실외기 뒤에 자리를 잡았다. 옥상에는 아무도 없었지

127

만, 이곳 학생이 아닌 아이가 학교에 몰래 들어온 걸 들키면 곤란한 상황이 벌어질 수도 있었다.

"주정뱅이 두목이라면 기척을 감추는 건 일도 아닐 테지. 끈기 있게 찾아다닐 수밖에 없다."

우타키의 말이 몹시 태평하게 들렸다.

다이고는 입을 삐죽거리며 볼멘소리로 말했다.

"넌 참 느긋하겠다, 마력도 있고. 난 아직 흉내도 못 내는데."

"마력이 없어도 너에게는 검이 있다."

"그거야 그렇지만……. 그리고 지금은 액막이 무늬가 찍혀 있잖아. 나 혼자 싸우는 건 자신 없다고. 네가 몸 안에 들어오지 않으면 내가 뭘 얼마나 할 수 있겠어?"

주정뱅이 두목은 곡옥에 불어넣은 마력만으로도 다른 요괴에게 무시무시한 능력을 주었다. 그렇다면 주정뱅이 두목 자신은 대체 얼마나 강할까? 다이고는 감히 상상도 할 수 없었다. 정체를 알 수 없는 것만큼 두려운 것도 없다.

"혼자가 아니다."

"어?"

"너도, 그리고 나도 혼자가 아니다. 잊지 마라."

"뭐…… 그렇긴 하지."

다이고는 전혀 위로가 되지 않는다는 듯이 어깨를 축 늘어뜨렸다. 그런 다이고를 보며 우타키는 어이없다는 표정을 지었다.

하지만 다음 순간, 그 눈빛이 매서워졌다. 동시에 다이고도 고개를 번쩍 들었다.

"이 기척은…… 요괴인가?"

한 줄로 늘어선 커다란 실외기에 가려져 모습은 보이지 않았지만, 기척은 확실히 느낄 수 있었다. 요괴가 다가오고 있었다.

"이건 주정뱅이 두목의 기척이 아니다."

"그럼 다른 요괴라고? 온다!"

우타키는 몸을 낮춰 공격 자세를 취했고, 다이고도 재빨리 검을 뽑았다.

쿵!

바닥을 힘껏 차는 소리가 들리는 동시에 실외기를 뛰어넘어 달려온 것은…… 긴 머리카락을 휘날리는 여고생이었다.

'이 사람이 요괴라고?'

여고생은 공중에 뜬 채로, 당황한 다이고에게 외쳤다.

"비켜!"

기세에 눌린 다이고는 엉겁결에 옆으로 물러나며 길을 터 주었다. 그 자리에 고꾸라지듯 착지한 여고생은 난간을 따라 냅다 달음질쳤다.

"다이고! 그쪽에 요괴가 있다!"

우타키가 소리치자마자 작은 그림자가 여고생을 뒤쫓아 날아왔다.

"꼬마 요괴로군!"

여고생을 추격하는 요괴를 조준해 우타키가 마력을 쏘았다. 꼬마 요괴는 옆구리를 맞고 바닥으로 쿵 나가떨어졌다.

"다이고!"

"이얍!"

틈을 노려 다이고가 검을 휘둘렀지만 꼬마 요괴가 조금 더 빨랐다. 요괴는 고양이처럼 유연하게 검을 피해 일어나더니 다시 여고생을 뒤쫓기 시작했다.

"으읏! 거기 서!"

여고생은 긴 머리를 휘날리며 열심히 달렸지만 결국 막다른 구석에 몰렸다. 여고생을 따라잡은 꼬마 요괴는 슬금슬금 거리를 좁혀 갔다. 요괴를 노려보는 여고생의 얼굴이 새파랗게 질렸다.

다이고는 깜짝 놀랐다.

'저 사람, 요괴를 볼 수 있어?'

"내가 처리한다."

꼬마 요괴가 여고생에게 덤벼드는 순간, 우타키도 손을 움직여 공격 자세를 취했다.

파바박!

냅다 돌진하던 꼬마 요괴의 바로 앞에서 불꽃이 튀었고, 동시에 요괴는 무언가에 부딪힌 것처럼 우스꽝스러운 꼴로 넘어졌다. 마치 전류의 벽에 가로막힌 것처럼.

다이고는 즉시 꼬마 요괴를 검으로 찔렀다. 인간의 몸을 빼앗지 않아서인지 검은 별다른 저항 없이 쑥 들어갔지만, 확실히 가슴을 뚫었다. 그 즉시 요괴는 이계로 날아갔다.

"대단해, 우타키! 마력으로 그런 것도 할 수 있는 거야?"

"내가 한 게 아니다."

우타키의 날카로운 시선이 다이고의 뒤쪽으로 향했다.

"어? 네가 아니라면……."

다이고도 우타키의 시선을 따라 고개를 돌렸다.

요괴에게 쫓기던 여고생이 숨을 몰아쉬며 다이고와 우타키를 보고 있었다.

여고생의 긴 머리카락은 대부분 검고 더러 희었다. 특이하게도 검고 흰 머리카락이 마치 피아노 건반처럼 또렷이 나뉘어 있었다. 그 밑으로 드러난 창백한 얼굴은 아직도 파르르 떨리고 있었다.

다이고가 뭐라고 말을 건네기도 전에 우타키가 먼저 여고생에게 스르르 다가가 그 앞에 멈춰 서서 물었다.

"나도 보이는 거지?"

여고생은 간신히 비명을 삼키는 것 같았다.

"괜찮아?"

다이고가 다가가자 여고생은 당황한 듯 옆으로 빠져나가려고 했다. 다이고는 여고생을 붙잡으려고 무심코 손을 뻗었다.

우타키가 황급히 외쳤다.

"기다려! 아까 그건……."

타닥!

감전된 것처럼 찌릿한 통증과 함께 다이고의 손끝이 튕겨 나갔다. 다이고가 깜짝 놀라 멈칫하는 틈을 놓치지 않고 여고생은 옥상 출입구를 향해 달려갔다. 그리고 그대로 건물 안으로 사라졌다.

"설마…… 저 누나 지금 마력을 쓴 거야?"

아직도 찌릿찌릿한 손가락을 내려다보며 다이고는 믿을 수 없다는 듯이 중얼거렸다.

신이 숨긴 아이
★

그날 밤, 다이고는 침대에 누워 뒹굴며 생각했다.

'설마 마력을 쓰는 사람을 만날 줄이야.'

그때 스마트폰에 모르는 번호로 문자가 들어왔다. 열어 보니 달랑 링크 하나만 전송돼 있었다. 링크에 접속하자 미도리가오카 고등학교의 건물 사진을 배경으로 게시판 하나가 열렸다.

"아까 그 학교잖아? 익명 게시판? 누가 이런 걸 보냈지……."

"나다."

우타키가 스르르 벽을 통과해 방으로 들어왔다.

"으악!"

다이고는 비명을 지르며 펄쩍 뛰어올랐다.

"어우, 간 떨어지는 줄 알았잖아! 문으로 좀 다니지 그래? 아니, 그보다 문자는 어떻게 보낸 거야?"

"그 소녀가 가지고 있던 걸 마력으로 조작했다."

우타키가 태연하게 대답했다.

"이 익명 게시판은 뭔데?"

"학교 학생들이 보고 있길래 단서가 될 것 같아서 보냈다. 그 소녀에 대해 알고 싶다고 난리 친 게 누구였더라?"

우타키가 비아냥거리는 소리는 한 귀로 흘려 버리고, 다이고는 게시판의 글들을 살펴보기 시작했다. 그러다 눈에 띄는 글 하나를 발견했다. 제목은 '백발의 전학생 정보'였다.

"미카게 마시로. 이게 그 누나 이름인가……. 고등학교 1학년. 얼마 전에 전학 왔구나……."

그 글에 달린 댓글들은 결코 유쾌한 내용이 아니었다.

학교 학생들은 미카게 마시로를 '괴물'이라고 부르고 있었다.

> ∟ 중학교에서 화재 발생! 조사 결과 콘센트에서 불이 났대. 근데 발화 지점이 괴물의 자리! 거기만 불에 까맣게 탔대! 헐!!!!
> ∟ 괴물 주의! 만지면 화상 입을 수 있음 ㅋㅋ
> ∟ 괴물이 예전에 행방불명된 적 있다는 거, 진짜임?
> ∟ 걔 남동생 사고도 괴물 때문이라는 것 같던데, 누구 아는 사람 있음?

"남동생 사고?"

"그런 시시한 소문 따위가 중요한 게 아니다. 그다음을 봐."

"흠…… 기사 제목을 그대로 써 놨네. '초등학교 5학년 소녀, 신사에서 행방불명! 귀신의 장난인가?' 이거 말이지?"

우타키가 고개를 끄덕였다.

"그 흑백 머리 소녀가 마력을 얻은 건 아마 그 때문일 거다."

"잠깐만, 행방불명돼서? 아니면 귀신의 장난으로?"

우타키는 설마 그런 것도 모르느냐는 듯 어이없다는 표정을 지었다. 그때 누군가가 방문을 두드렸다.

"다이고, 아이스크림 먹을래?"

편의점 봉지를 손에 든 오타로가 방문을 열고 얼굴을 들이밀었다.

우타키가 나직한 목소리로 명령했다.

"먹어. 그리고 저 안경한테 배워라."

'어우, 너 설명하기 귀찮아서 그러지? 누가 모를까 봐? 하긴, 오타로 형의 설명이 훨씬 알아듣기 쉽긴 하지.'

"형, 아이스크림 먹으면서 뭐 하나만 물어봐도 돼? 옛날 전설 중에 누군가가 행방불명되면 귀신이 잡아갔다고 하는 얘기가 있었던 것 같은데⋯⋯."

오타로는 눈을 동그랗게 뜨더니, 이내 천천히 미소 지으며 손가락 세 개를 폈다.

"세 가지 강의 코스가 있지. 다섯 시간 코스, 하루 코스, 일주일 코스. 어느 쪽으로 할래? 참고로 나는 마지막 코스를 추천해. 그건 민간 전설을 엮은 책을 통해 이미 검증된⋯⋯."

"초간단 5분 코스로 부탁합니다!"

다이고가 말을 자르자 오타로는 실망한 표정으로 방바닥에 털썩 주저앉았다.

"다이고, 너는 금도끼를 주겠다는데도 부득부득 쇠도끼를 받아 가는 나무꾼 같단 말이지. 사양할 필요 없는데 말이야."

"아이스크림은 사양하지 않을게. 잘 먹겠습니다!"

다이고는 수박 모양 아이스바를 집어 들었다.

오타로가 갑자기 허리를 펴고 단정히 앉더니 헛기침을 한 번 하고는 설명을 시작했다.

"옛날에 어린아이가 갑자기 행방불명이 되면, 그건 신이 그 아이를 숨겼다고 믿었어. 말은 신이라고 하는데, 실제로는 요괴나 귀신 등이 숨겼다고 생각했지."

"요괴도 어린아이를 숨겨?"

"그렇다니까! 그렇게 사라졌던 아이가 다시는 돌아오지 못하는 경우도 많지만, 때로는 며칠 만에 홀연히 돌아오기도 했어. 기억은 싹 지워진 채로 말이야."

다이고는 고개를 갸웃거렸다.

"그건 그냥 길을 잃었던 거 아닐까?"

"그럴 수도 있지. 하지만 누가 사라졌다고 해서 바로 요괴가 숨겼다고 하지는 않아. 이틀이고 사흘이고 찾아봤는데도 나타나지 않는 경우에만 그렇게 불렀지. 그때부터는 온 동네 사람들이 나서서 다 같이 꽹과리를 치고, '돌려보내, 돌려보내.'라고 외치며 이곳저곳을 쑤시고 다녔지. 아, 참고로 사건이 주로 발생하는 시간대는 땅거미가 지는 저녁 시간이야."

"땅거미가 지는 시간은 낮과 밤이 바뀌는 시간이니까, 요괴와 마주치기 쉬운 시간…… 맞지?"

"맞아. 옛날부터 아이들한테 어두워지기 전에 집에 들어가라고 하지? 나는 그게 요괴에 의해 행방불명되는 걸 경계하는 마음으로 하는 말이 아니었나 싶어."

다이고는 돌아가신 진지로 할아버지를 떠올렸다. 평소에는 다정한 할아버지도 다이고와 동네 아이들이 저녁때까지 집에 돌아가지 않고 밖에서 놀고 있으면 호되게 꾸짖곤 했다.

"아, 그러고 보니 할아버지가 그러셨어. 저녁이 되면 절대 숨바꼭질은 하지 말라고. 그것도 같은 이유에서였을까?"

"맞아, 너희가 영영 사라질까 봐 걱정하셨던 거야."

'그 누나가 진짜 요괴 때문에 행방불명됐던 거라면…… 그때 무슨 일이 있었던 걸까?'

다이고는 흰 머리가 군데군데 섞인 검은 머리카락을 휘날리던 여고생, 마시로의 모습을 다시 떠올려 보았다. 짧게 마주쳤을 뿐이지만 사람을 뿌리치는 듯한 눈빛이 머릿속에 또렷이 남아 있었다.

셋
땅거미가 질 때
★

다음 날, 다이고는 학교에서 돌아오자마자 자전거를 타고 미쓰케 시로 달려갔다.

"으악, 힘들어! 네가 내 몸 안에 들어오면 단숨에 날아가는 건데!"

가파른 산길에서 자전거 페달을 밟는 건 결코 만만한 일이 아니었다.

"혹시 무슨 일이 생기면 마력을 써서 산 너머로 던져 주지."

"뭐, 던져? 내가 무슨 짐짝인 줄 알아?"

다이고가 땀을 뻘뻘 흘리며 페달을 밟는 동안 우타키는 팔짱을 낀 채 자전거 짐칸에 고고하게 서 있었다.

'경찰의 눈에 우타키가 보였다면 깜짝 놀라서 당장 잡아 세웠을 거야.'

다이고는 속으로 키득거렸다.

"그런데 말이야, 그 누나가 요괴 땜에 행방불명됐었다고 치자, 그거랑 마력을 쓸 수 있는 게 무슨 상관이 있는 거야?"

어젯밤 오타로에게 벼락치기 강의를 듣는 사이, 우타키는 어디론가 사라져 버렸다. 하긴, 옆에 있었더라도 곧바로 잠이 들고 말았을 테지만. 아무리 그래도 유령이 잠을 잔다니……. 아무튼 우타키는 정말 잘 자는 유령이다.

"행방불명된 사람 중에는 이계로 건너간 자가 적지 않다. 그리고 그런 자들 중에는 마력을 얻어 인간 세계로 돌아오는 자들도 드물게 있지."

"뭐? 이계에 다녀오면 마력을 얻는다고? 이계라면 나랑 루이도 다녀왔는데……?"

"너는 관문지기의 혈통이니 마력은 원래 가지고 있었을 텐데? 그리고 이계로 넘어갔다고 해서 모두가 마력을 얻는 것도 아니다. 그 곱슬머리를 보면 몰라?"

"음, 확실히 루이한테 마력이 있는 것 같지는 않아. 루이는 겁쟁이니까 다행이지 뭐. 요괴를 보면 기절해 버릴 테니까."

"마력을 쓰는 주술사는 크게 둘로 나뉜다. 하나는 태어날 때부터 마력을 지니고 있는 특이 체질. 요괴의 피를 잇는 관문지기가 바로 거기에 속하지. 그리고 수련을 통해서, 혹은 이계에 다녀와서 마력을 얻게 된 이들도 있다."

"선천적이냐, 아니면 후천적이냐네."

산길은 어느새 내리막길로 접어들었다. 굽잇길을 돌 때마다 우타키도 몸을 옆으로 기울였다. 나름대로 자전거를 즐기고 있는 것 같았다.

"정말로 그 누나가 이계로 들어갔다면, 거길 어떻게 간 건데? 나처럼 결계가 약해졌을 때 넘어갔을까?"

"아마도. 땅거미가 질 때는 결계가 약해지니까. 그 시간이 되면 결계가 흔들리고 이따금 틈이 벌어지지. 그때 저도 모르게 저쪽 세계로 넘어가는 거다. 나도 그런 인간을 몇 명 만나 인간 세계로 돌려보낸 적이 있어."

"그럼 그 누나를 인간 세계로 돌려보낸 건 누구지?"

"글쎄, 내가 아닌 건 확실해."

"그럼 본인한테 직접 물어봐야겠네."

"그 소녀가 기억하고 있을 것 같지는 않지만 말이지."

"흐음, 온통 수수께끼네. 아무튼 나는 얼른 마력을 쓰고 싶다고! 코딱지만 한 힌트라도 얻어야겠어!"

"흠, 조금 서둘러 볼까?"

"뭐?"

자전거가 갑자기 빨라지며 다이고의 귓가에 휘잉 바람이 불었다. 우타키가 자전거에 마력을 불어넣은 것이다.

다시 오르막이 시작된 산길에서 차들을 하나둘 제치며 다이고의 자전거는 쌩쌩 달렸다.

"와, 대박! 진작 좀 이렇게……. 어어…… 너무 빠르잖아!"

이렇게 빠른 속도로 자전거를 달리는 건 처음이었던 다이고는 당황했다. 새파래진 얼굴로 핸들을 이리저리 꺾다가 결국은 몇 초 뒤 숲에 처박히고 말았다.

넷
마음에 진 그늘
★

마시로는 창가 자리에 앉아 멍하니 창밖을 내다보고 있었다.

고전 문학 시간, 선생님은 언제나처럼 따분한 목소리로 《겐지 이야기》라는 작품에 대해 설명하고 있었다.

마시로는 어제 있었던 일을 떠올렸다.

'그게 요괴였나? 요괴가 진짜로 있다니…….'

어제 오후, 수업을 마치고 자리에서 일어선 마시로는 싸한 시선을 느꼈다. 작고 괴상한 생물체가 복도에서 마시로를 빤히 쳐다보고 있었다. 깜짝 놀라 얼어붙은 마시로에게 이번에는 낯선 목소리가 들렸다.

'도망쳐.'

그 소리에 등 떠밀리듯 마시로는 뛰기 시작했다. 괴상한 생물체는 즉시 마시로를 쫓아왔다.

이제 막 전학을 온 마시로에게 새 학교는 마치 미로 같았다. 이리저리 도망치던 마시로는 어쩌다 보니 옥상으로 나갔고, 그곳에서 웬 소년들을 만나 도움을 받았다.

'그 애들…… 한 명은 꼭 유령 같았어. 까마귀 같은 차림이었는데……. 아, 그러고 보니 도망치라고 말하는 목소리도 들렸는데……. 그건 누구였을까?'

이런저런 생각에 잠겨 있는 마시로를 선생님이 불렀다.

"미카게 마시로! '무숌엣 그놀진 것 므스거새 셔실까.' 이 문장을 현대어로 해석해 볼까?"

마시로는 선생님을 보았다. 입가에 엷은 미소가 걸려 있었다. 갑작스레 지명한 건, 수업에 집중하지 않고 딴생각에 잠겨 있는 마시로를 골탕 먹이려는 의도가 분명했다.

"마음에 숨기는 것, 아무것도 없습니다."

마시로는 표정 하나 바뀌지 않고 막힘없이 대답했다.

"그럼…… '그늘진 것'은 무슨 뜻이지?"

"어두운 장소, 그늘진 부분이라는 의미입니다."

술술 대답하는 마시로를 보는 선생님의 눈빛이 흔들렸다.

마시로의 입에서 기어드는 목소리로 "잘 모르겠습니다."라는 말이 나오길 기대했을 테지만, 공교롭게도 마시로는《겐지 이야기》를 처음부터 끝까지 꼼꼼히 읽었다. 선생님이 읊은 대목이 19장 '엷게 낀 구름'에 나온다는 것도 알고 있었다.

몇몇 애들이 마시로와 선생님이 나누는 대화를 들으며 키득거렸다.

"쟤 뭐냐? 세게 나오는데."

"와, 강적이다. 하긴, 쟤…… 그거잖아."

마시로는 주위에서 속닥거리는 소리를 애써 무시했다.

어렸을 때 행방불명된 적이 있고, 그때부터 주변에서 기묘한 사건이 일어나 사람들이 다쳤다. 그 때문에 마시로는 전학을 왔다.

그에 관해서는 아무한테도 이야기하지 않았지만, 전학 온 지두 주가 지나자 이미 온 학교에 소문이 쫙 퍼져 있었다.

선생님이 마시로에게서 눈을 떼고 칠판으로 돌아섰다.

"어……?"

그 순간, 마시로는 흠칫 놀라 눈을 크게 떴다.

선생님의 등에 해괴하게 생긴 생물체가 달라붙어 있었다.

"요괴?"

마시로가 비명처럼 외친 순간 천장의 형광등이 터졌다.

퍽, 하는 소리에 놀란 마시로는 몸을 움츠렸다.

마시로 바로 위의 형광등이 산산이 부서져 유리 조각을 비처럼 흩뿌렸다. 순식간에 파편이 학생들을 덮치며 곳곳에서 비명이 터져 나왔다.

"유리에 찔렸어!"

"아야얏!"

나른하던 교실이 순식간에 난장판이 되었다.

소스라치게 놀라며 벌떡 일어선 마시로는 그제야 알아차렸다. 형광등 바로 아래에 있었지만 자신은 유리 조각을 맞지 않았다는 걸. 머리에도, 교복에도 유리 조각 하나 달라붙지 않았다.

바닥은 온통 파편으로 뒤덮여 있었지만 마시로의 주위는 걸레로 닦아 낸 듯이 깨끗했다.

형광등 파편은 정확히 마시로만 피해서 사방으로 흩어졌다.

'또 사고를 치고 말았어. 놀라서 멋대로 힘이 나와 버린 거야.'

파랗게 질린 마시로는 옆자리에 앉은 여자아이와 눈이 마주

쳤다. 그 아이는 얼빠진 표정으로 마시로를 보고 있었다.

온통 유리 가루를 뒤집어쓴 여자아이의 볼에서 한 줄기 피가 흘러내렸다.

"역시…… 너, 너는…… 괴물……."

마시로를 보는 여자아이의 눈빛이 공포에 질려 있었다.

그 눈빛을 견디지 못하고 마시로는 고개를 돌렸다. 하지만 시선이 닿는 곳마다 아이들은 똑같은 눈으로 마시로를 보고 있었다.

꼬마 요괴는 벌써 사라지고 없었다. 교실에 남은 건 마시로가 일으킨 사고의 흔적뿐이었다.

마시로는 천천히 의자에 다시 앉았다.

찌르는 듯한 시선에 고개를 푹 숙이고 긴 머리카락으로 얼굴을 가렸다.

'내가 있는 한 계속 누군가가 다칠 거야. 내가…… 사람을 해치고 있어.'

"괜찮아? 와, 방금 완전 쫄았지 뭐야!"

밝은 목소리가 말을 걸어 왔다.

아카미네 카이토. 언제나 친구들에게 둘러싸여 있는 활달한 남자애다.

"마시로, 너도 파편에 맞았지? 어디 다친 데는 없어?"

카이토가 마시로의 어깨에 손을 뻗었다.

"아얏!"

타닥!

정전기가 튀는 듯한 소리가 나면서 카이토는 깜짝 놀라 화다닥 손을 거두었다.

"미안."

마시로는 반사적으로 사과했다.

누군가가 마시로에게 손을 대려고 하면 어김없이 강한 정전기가 일었다.

"나, 정전기가 잘 오르거든. 그러니까 웬만하면 가까이 오지……."

말을 하다 말고 마시로는 카이토를 빤히 쳐다보았다.

"어? 왜 그래?"

카이토가 어리둥절한 얼굴로 물었다.

요괴가 보였다. 꼬마 요괴 세 마리가 고개를 갸웃거리는 카이토의 양쪽 어깨와 머리 위에 한 마리씩 앉아 있었다.

"카이토, 자습실로 이동한대. 가자."

여자애 하나가 와서 카이토를 끌고 갔다.

아무도 꼬마 요괴를 보지 못하고 있었다. 분명 다른 사람 눈에는 보이지 않는 것이다.

"잠깐……."

마시로는 하려던 말을 재빨리 삼켰다.

'요괴가 저 애를 노린다고 해도…… 내가 할 수 있는 건 아무것도 없어.'

자신 말고는 누구도 보지 못하는 것이 존재한다고 설득하는 것은 불가능에 가까운 일이다. 하지만 그보다 더 힘든 건, 누군가와 어울리려고 하면 할수록 다른 사람들이 다친다는 사실이었다.

'나 때문에…….'

마시로는 고개를 푹 숙였다. 마치 아무것도 보이지 않는다는 듯이.

다섯
아무에게도 말하지 못한 이야기
★

그런 마시로에게 변화가 생긴 건 수업을 마친 후였다.

"찾았다! 여기, 여기야!"

교문에서 자전거를 탄 소년이 마시로를 보고 손을 흔들었다. 자세히 보니 어제 마시로를 도와준 아이였다.

"할 얘기가 있어."

진지한 얼굴로 말을 건넨 소년은 온통 흙투성이인 데다 머리에는 나뭇잎이 붙어 있었다.

그 위에서 까마귀 가면을 쓰고 둥둥 떠 있는 유령은 영 마뜩잖은 눈초리로 마시로를 쏘아보고 있었다.

'뭐지, 이 이상한 애들은?'

이 아이들과 엮이는 게 영 꺼림칙했다. 무시하고 걸음을 옮기려던 마시로는 결국 마음을 바꾸었다.

"따라와."

도움을 받았으니 빚을 진 셈이다.

'무슨 얘길 하는지 들어 보기나 하자.'

자신을 다이고라고 소개한 소년을 역 앞 햄버거 가게로 데리고 갔다. 소년의 입에서 나온 이야기는 마시로의 예상을 한참 벗어난 내용이었다.

'관문지기 가문'이라느니, '요괴가 사람의 어둠에 달라붙는다'느니, '이계'라느니…….

하나같이 현실과 동떨어진 이야기뿐이었다.

'이 꼬맹이는 머리가 좀 잘못된 거 아닐까?'

마시로가 의심을 품기 시작했을 때였다.

"어떻게 마력을 갖게 됐는지 말해 줘."

다이고가 진지한 얼굴로 말했다. 마시로에게 그 '마력'이라는 것이 있다고 확신하는 말투였다.

"마력?"

마시로는 얼굴을 찌푸리며 되물었다.

"어어, 마여글 가꼬 이짜나······."

다이고가 볼이 빵빵하게 음식을 우물거리며 말했다.

"다 삼키고 나서 말해."

다이고는 입안 가득 씹고 있던 감자튀김을 꿀꺽 삼켰다.

"다 알면서 모른 척하지 마. 누나는 마력을 갖고 있잖아."

"내가?"

"응. 어제 만났을 때 불꽃을 튀겨서 요괴를 튕겨 냈잖아, 아
니야?"

"그게······ 마력이었다는 거야?"

마시로는 고개를 갸웃거렸다. 자신에게 무슨 힘이 있다고 생
각해 본 적은 한 번도 없었다. 하물며 '마력'이 있다는 건 들어
본 적도 없다.

"뭐야, 힘을 쓰면서 그게 뭔지도 모른다고?"

"내 힘이라고 생각한 적 없어."

"왜?"

"통제할 수 없으니까."

"요괴를 물리쳤는데도?"

"그건 우연이었어. 화나거나 놀라거나 하면 저절로 나와."

"멋대로 나온다고? 어떤 식으로?"

"누가 내 험담을 하면 교실을 태우기도 하고, 머리카락을 잡아당긴 애한테 불꽃을 튀기기도 하고……."

"위기에 처할 때마다 나온다고? 그럼 완전 짱이잖아!"

다이고가 눈을 반짝이며 바라보자 마시로는 당황스러웠다.

"아니, 나한테는 고통스러운 일일 뿐이야."

마시로는 작게 한숨을 내쉬었다.

"어째 대화가 계속 어긋나는 것 같다."

누군가에게 자기 이야기를 하는 일이 드문 마시로에게 이런 대화는 영 어색했다.

하지만 어째서인지 이 낯선 소년 앞에 앉아 있는 지금, 그동안 아무에게도 꺼내 놓지 못했던 말들이 입 밖으로 술술 나오고 있었다. 지금껏 말해 볼 엄두도 내지 못했던 그 힘, '마력'에 대해 이 소년도 알기 때문일까?

"나한테는 달갑지 않은 힘이야. 그것 때문에 계속 전학을 다녀야 했으니까. 후우, 왜 이런 힘이 하필 나한테……."

"누나는 어렸을 때 행방불명된 적이 있지? 그 일 때문에 마력이 생겼을 수도 있어, 그렇지?"

다이고가 비스듬히 위에 떠 있는 까마귀 소년을 향해 작은 소리로 물었다.

소년이 고개를 끄덕이고는 입을 열었다.

"이계에 다녀왔다면 그럴 수 있지."

"어, 유령이 말을 하네……."

마시로가 중얼거리자 유령 소년은 뭐가 마음에 안 들었는지 못마땅한 표정으로 마시로를 노려보았다.

"그래서 말인데…… 그때 무슨 일이 있었는지 기억해?"

다이고가 물었다.

마시로는 고개를 저었다.

"아무것도 기억 안 나. 정신이 들었을 때는 경찰의 보호를 받고 있었거든."

"그렇구나. 역시 기억을 못 하나 보네."

유령 소년은 둘의 대화에 금방 흥미를 잃었다. 천천히 가게 주방 쪽으로 가더니 햄버거를 만드는 점원을 흥미로운 듯이 지켜보기 시작했다.

"그건 그렇고, 내가 행방불명됐었다는 걸 어떻게 알았어?"

"아, 그거…… 누나네 학교 익명 게시판에 있는 글을 봤어. 아, 나쁜 의도로 찾아본 건 아니야."

"다 악플들 뿐이지?"

마시로는 이미 다 알고 있었다.

다이고는 말문이 막힌 듯 우물거렸다.

"아니, 그게……."

"괜찮아, 한두 번 당해 본 일도 아니니까."

웃으며 말했지만 마시로의 표정은 어두웠다.

"익명이라서 다행이야."

마시로가 혼잣말하듯 말했다.

"어?"

"누가 글을 썼는지 모르잖아. 만약 알았다면 나도 모르는 사이에 내 힘이 그 애들을 해코지했겠지. 하지만 익명이니까 아무도 다칠 일 없으니 다행이지 뭐야."

다이고는 얼굴을 찡그리고는 컵에 남은 얼음을 입에 털어 넣고 아드득아드득 깨물어 먹었다.

"다행이긴 뭐가 다행이야? 누나가 상처받잖아."

마시로는 저도 모르게 고개를 들어 다이고를 바라보았다.

"왜 그렇게 놀라?"

"놀라긴 누가……."

마시로는 다시 허둥지둥 고개를 숙여 머리카락으로 얼굴을 가렸다.

얼굴을 가리는 것은 몸에 밴 오랜 습관이었다. 길게 드리워지는 머리카락 안으로 숨어 버리면 조금은 편해지니까.

누구와도 어울리지 않으면 아무도 해칠 일 없다. 누군가에게 버림받는 슬픔을 견딜 필요도 없다. 마시로가 찾은 답은, 처음부터 혼자 있는 것이었다.

그런 마시로에게 먼저 다가오는 사람은 아무도 없었다.

그런데 이 소년은 마시로가 쌓은 벽을 가뿐히 뚫고 다짜고짜 마음속으로 뛰어들었다.

'얘 때문에 미치겠다, 진짜.'

"누나, 나랑 같이 연습하자."

"연습이라니? 무슨 연습?"

거절의 뜻을 담아 일부러 강하게 말했지만, 그걸 아는지 모르는지 돌아온 대답은 천연덕스러웠다.

"마력을 통제하는 연습. 누나가 그걸 싫어하는 거 알아. 하지만 잘만 통제하면 엄청난 무기가 될 거야."

"나는 그런 힘 필요 없다고 했잖아."

"싫다고 계속 숨기고 감출 게 아니라 훈련을 통해 바꿔 보자고."

"너…… 좀 건방지구나."

발끈한 마시로는 초등학생 꼬마를 상대로 그만 짜증을 내고 말았다. 하지만 다이고는 아랑곳하지 않고 팔짱을 낀 채 태연하게 말했다.

"마력을 가지고 있고 요괴가 보인다는 건, 요괴를 해치울 수 있다는 소리야! 내 힘으로 누군가를 지킬 수 있다는 거, 대단하지 않아?"

의외의 대답에 마시로는 어안이 벙벙해져서 눈앞의 소년을 빤히 보았다.

"누군가를…… 지킨다고? 내가?"

"그래! 나랑 같이 요괴를 퇴치하자!"

다이고는 저 혼자 신이 나서 휴대폰을 꺼내 몇 번 두드리더니 마시로에게 건넸다.

"자, 누나 번호 찍어 줘."

"뭐? 내가 왜……."

다이고가 내민 휴대폰의 주소록 화면에는 '마시로'라고 입력되어 있었다.

"이게……."

멍하니 휴대폰 화면을 들여다보던 마시로는 맥이 탁 풀렸다.

자기보다 한참 어린 남자아이가 맹랑하게도 자기 번호를 '마시로 누나'가 아닌, 이름으로 저장해 놓은 게 싫기 때문은 아니었다.

그 기억이 떠오른 것이다.

마시로는 전화번호를 입력하고 휴대폰을 말없이 다이고에게 돌려주었다.

"땡큐! 어, 근데 이게 뭐야? '마시로 누님?' 멋대로 바꾸면 어떡해!"

"건방진 꼬맹이."

마시로는 쟁반을 들고 자리에서 일어났다.

여섯
꼬마 요괴 세 마리
★

다음 날 점심시간이 되자 마시로는 카이토를 눈으로 좇았다. 카이토는 다른 남자애들 몇 명과 어울려 장난치면서 큰 소리로 웃고 있었다.

'없어졌네.'

어제 카이토에게 붙어 있던 꼬마 요괴 세 마리는 사라지고 없었다. 교실을 여기저기 살폈지만 어디에도 보이지 않았다. 일단은 마음을 놓아도 될 것 같았다.

항상 들고 다니는 《겐지 이야기》를 펼쳤지만 읽지는 않았다. 오랫동안 함께해 온 책의 촉감을 느끼며 마음을 가다듬고 싶었을 뿐이다.

어제 다이고가 했던 말이 아직도 귓가에 생생하게 맴도는 것 같았다.

"싫다고 계속 숨기고 감출 게 아니라 훈련을 통해 바꿔 보자고."

"내 힘으로 누군가를 지킬 수 있다는 거, 대단하지 않아?"

157

마시로는 자기 안에서 무언가가 꿈틀거리고 있다는 걸 알 수 있었다. 이 낯선 느낌에 어젯밤부터 계속 마음이 들썩거렸다.

'내 힘으로 요괴에게서 사람을 지킨다고? 내가 다른 사람을 도울 수 있다고?'

만약 정말로 그게 가능하다면…….

'그게 내가 살아가는 의미가 되어 줄 수 있을까? 그걸 삶의 의미로 삼아도 될까?'

환하게 웃는 동생의 얼굴이 떠올랐다. 동생이 이런 마음을 안다면 뭐라고 말할까?

환하게 웃으면서 "힘내!"라고 응원해 줄까? 그럼 이 지독한 죄책감이 말끔히 씻길까?

"뭐 읽어?"

생각에 빠져 있던 마시로는 불쑥 날아든 카이토의 목소리에 퍼뜩 정신을 차렸다.

고개를 들어 올려다보자, 카이토가 이른 오후의 햇살을 등지고 서 있었다. 마시로는 눈이 부셔 실눈을 떴다.

타닥!

"아얏!"

마시로가 알아차리지 못하는 사이에 카이토가 마시로의 몸에 손을 댔던 모양이다. 찌릿찌릿한 손을 팔락팔락 털면서 카이토가 피식 웃었다.

"역시 무리인가……. 혹시 내가 싫은 거야?"

"아, 아니야. 정전기 때문이니까 신경 쓰지 마."

"정전기가 잘 생기는 체질이 있대. 인터넷을 찾아봤어."

"어?"

'나 때문에 일부러 찾아봤다고?'

이 말은 속으로 삼켰다.

"그런데 해결 방법을 찾아봤더니 다 뻔한 소리밖에 없더라. '생활 리듬을 잘 조절해라!' 뭐 그런 것들 말이야."

"그래."

무심결에 쌀쌀맞게 대꾸해 버렸다. 마시로는 조금 후회가 되었다.

'이럴 땐 고맙다고 하는 편이 낫지 않았을까?'

"아, 그리고 스트레스를 끌어안고 있는 것도 좋지 않대."

카이토가 갑자기 웅크리고 앉더니 마시로의 책상에 얼굴을 올려놓았다. 그 모습이 꼭 강아지 같았다.

"아무튼 제일 중요한 건, 즐겁게 놀아야 한다는 거야. 틀린 말은 아니지?"

카이토가 히죽 웃었다.

그 얼굴을 보고 마시로는 저도 모르게 내뱉었다.

"강아지 같아."

"어?"

"아! 미, 미안해! 나도 모르게 그만……."

마시로는 당황해서 얼굴이 새빨개졌다.

"픕!"

카이토가 웃음을 터뜨렸다.

"처음으로 나눈 대화다운 대화가…… 뭐? 강아지 같다니!"

얼굴을 바짝 들이대고 깔깔대며 웃는 카이토에게 어떻게 반응해야 할지 몰라 마시로는 급히 눈길을 바닥으로 떨어뜨렸다. 그런데…….

"앗……!"

마시로는 소스라치게 놀라 자리에서 벌떡 일어섰다. 의자가 뒤로 밀리며 요란한 소리가 났다.

"어? 갑자기 왜 그래?"

카이토의 발밑에 꼬마 요괴 세 마리가 있었다!

'없어진 게 아니었어!'

마시로는 다시 카이토를 보았다. 사람 좋아 보이는 이 아이를, 이 해맑은 미소를 지켜 주고 싶었다. 그런 생각을 한 건 처음이었다. 지금의 자신은 아무것도 할 수 없지만 도와줄 수 있는 사람은 알고 있었다.

"카이토…… 혹시 방과 후에 시간 있어?"

뜻밖의 말에 카이토는 강아지처럼 고개를 갸웃거렸다.

검은 비늘 요괴

★

"와, 이 테라스 자리, 끝내주지 않냐?"

재잘거리는 카이토의 입가에 하얀 휘핑크림이 수염처럼 묻어 있었다.

마시로는 지금 쇼핑몰 옥상에 있는 카페에 카이토와 마주 앉아 있었다.

"난 하늘이 보이는 이런 탁 트인 곳이 좋더라. 이 카페 전에 와 본 적 있어? 내가 자신 있게 추천하는 메뉴는 바로 이거야! 크런치 헤이즐넛 트리플 베리 프라푸치노에 바닐라 토핑!"

"응."

"최근에야 안 건데, 내가 단 걸 무지 좋아하더라고. 아니, 그것보다 이렇게 맛있는 건 대체 누가 발명해 낸 거야? 나오라고 해, 실컷 칭찬해 줄 테니까."

"으응……."

쉴 새 없이 입을 놀리는 카이토에게 건성으로 대답하면서, 마시로는 꼬마 요괴의 움직임을 주의 깊게 살폈다.

꼬마 요괴들은 카이토의 어깨 위에서 히죽거리면서 마시로를 보고 있었다.

'당장이라도 나한테 덤벼들 수 있는데 그러지 않아. 그렇다면 저놈들이 노리는 건 카이토라는 건가…….'

꼬마 요괴에게 쫓기던 날의 공포가 조금씩 되살아났다. 요괴는 사람의 어둠에 달라붙는다는 다이고의 말도 떠올랐다.

꼬마 요괴의 존재를 알아차리자마자 마시로는 다이고에게 문자를 보냈다.

즉시 '바로 갈게!'라는 답장이 왔지만, 언제 도착할지는 알 수 없었다. 오는 데 시간이 얼마나 걸릴지 모를 일이다.

'혹시라도 다이고가 도착하기 전에 요괴가 무슨 짓이라도 하면…… 나는 어떡하지?'

"야, 마시로! 내 말 듣고 있는 거야?"

"아, 으응……. 단 걸 좋아한다며."

카이토의 컵은 벌써 깨끗이 비어 있었다. 마시로가 주문한 아이스 아메리카노는 아직 입도 대지 않은 채 그대로였다.

꼬마 요괴를 눈으로 쫓는 데 급급해서 뭔가를 마실 여유 따위는 없었다.

"그렇게 신경 쓰여?"

카이토가 갑자기 목소리를 낮추고 속삭였다.

"어? 뭐라고?"

미처 듣지 못하고 되묻자, 카이토가 턱을 괴고 마시로를 빤히 바라보았다.

"나도 계속 마시로 네가 신경이 쓰였거든."

미묘하게 바뀐 말투가 왠지 좀 불편했다. 하지만 카이토는 여전히 싱글벙글 웃고 있었다.

"으음, 무슨 말인지 잘 모르겠……."

"마시로, 네 머리는 정말 예뻐."

카이토가 손을 뻗었다.

타닥!

여느 때와 같은 소리가 나고, 카이토의 손가락이 살짝 튕겨 나갔다.

카이토는 얼굴을 살짝 찡그리긴 했지만 내민 손을 거두지 않았다. 아랑곳하지 않고 다시 손을 뻗어 왔다.

타닥! 타닥!

소리가 점점 커지며 작은 불꽃이 튀었지만 그래도 카이토는 멈추지 않았다.

마시로는 눈이 휘둥그레졌다.

"그만해! 지금 뭐 하는 거야?"

타닥! 타닥! 타닥!

요란한 소리와 함께 불꽃이 카이토의 손을 휘감았다. 모락모락 연기가 피어올랐다.

"너 미쳤어!"

참다못한 마시로가 자리를 박차고 벌떡 일어나자, 그제야 카이토의 손이 마시로에게서 떨어졌다.

꼬마 요괴들은 그 광경에 질렸는지 이미 모습을 감춘 뒤였다.

"아야야……. 와, 대단하네."

꽤나 아팠던지 손을 계속 털어 대면서도 카이토는 얼굴에서 웃음기를 거두지 않았다.

"어쩌자고 그런 짓을! 암튼 열기를 빼려면 빨리 찬물에 담가야 해!"

점원을 부르려던 마시로는 그제야 뭔가 이상하다는 것을 알아차렸다.

"아무도 없어……."

카페 안에 사람이 한 명도 없었다. 점원조차 보이지 않았다. 탁자에는 마시다 만 커피와 먹다 만 케이크가 남아 있는데, 사람들만 연기처럼 사라져 버렸다.

"내가 부탁했지, 우리 둘만 있고 싶으니까 나가 달라고."

카이토의 조용한 목소리가 어쩐지 음산하게 들렸다.

"뭐?"

"너 아직도 그걸 정전기라고 둘러댈 셈이야?"

"그게 무슨 말……."

"나는 말이야, 너에 대해 모든 걸 알고 싶거든."

마시로를 가만히 응시하는 눈동자가 순간 보랏빛으로 빛났

165

다. 카이토에게서 느껴지는 공기도 어딘가 달랐다. 마시로는 왠지 모를 위압감을 느꼈다.

정체를 알 수 없는 공포에 마시로는 등줄기가 서늘해졌다. 그제야 뭔가 잘못되었다는 생각이 들었다.

"아, 이걸 떨어뜨렸네!"

언제 떨어뜨렸는지 마시로의 가방이 바닥에 널브러져 있었다. 카이토는 가방과 그 안에서 튀어나온 책을 주워 들었다. 순간 눈이 휘둥그레졌다.

"아…… 그렇군, 그거였어. 이 책이 너와 아주 강하게 이어져 있군."

"어?"

"덕분에 드디어 볼 수 있게 됐어."

흡족한 듯이 가늘게 뜬 카이토의 눈은 이제 선명한 보라색으로 빛나고 있었다.

"온전히 네 마력 때문이라고 생각했는데, 내가 잘못 짚었어."

그때 머릿속에서 또다시 그 목소리가 속삭였다.

'도망쳐!'

하지만 카이토의 움직임이 훨씬 빨랐다. 마시로가 자리에서 일어나기도 전에 바람처럼 빠르게 덮친 카이토는 한쪽 발을 바닥에 탁, 내리쳐 마시로의 그림자를 밟았다.

"내 귀에도 그 목소리가 들렸거든. 바로 여기서 나는 거잖아,

안 그래?"

카이토가 나지막한 목소리로 비웃듯 말했다. 싸늘하게 웃는 얼굴이 완전히 다른 사람 같았다.

"꼬마 요괴 녀석들이 왜 너한테 들러붙지 못하나 궁금했는데, 이제야 알겠군. 먼저 온 손님이 있었던 거야."

"머, 먼저 온 손님?"

마시로는 더듬거리며 물었다.

"큭큭큭! 하긴, 나조차 눈치 못 챈 걸 네가 알아챘을 리 없지."

마시로는 이게 무슨 상황인지 그저 혼란스럽기만 했다.

카이토의 말투가 별안간 다정해졌다.

"나는 말이야, 손을 대기만 해도 그 사람의 마음속 어둠을 들여다볼 수 있는 특기를 가지고 있다. 그래서 사람의 마음을 조종할 수 있지. 그런데 마시로 네 어둠은 전혀 볼 수가 없더라고. 방어막이 어찌나 단단한지……. 그런데 이 책 덕분에……."

카이토는 《겐지 이야기》를 탁자에 툭 던졌다.

"나는 다 보았다. 이 책이 네 어둠과 직접 이어져 있구나. 아니지, 어둠 그 자체라고나 할까."

마시로는 완전히 공포에 사로잡혔다. 꼬마 요괴에게 쫓길 때도 견딜 수 없이 무서웠지만, 지금 카이토에게서 느끼는 공포는 차원이 달랐다. 공포로 옴짝달싹도 할 수 없었고, 도망친다는 건 상상도 할 수 없었다.

"나와라."

카이토가 발로 짓이기고 있던 그림자에게 명령했다.

그러자 바닥에 드리워진 마시로의 그림자가 꿈틀꿈틀 움직였다. 무언가로부터 벗어나려는 듯이 그림자는 삐거덕거리며 몸을 비틀었다.

'그림자가 움직이다니!'

눈으로 보고도 믿기지 않는 광경에 마시로는 카이토를 보며 가까스로 목소리를 쥐어짰다.

"너…… 누구야!"

"누구긴. 너와 같은 반인 아카미네 카이토잖아. 왜, 아닌 것 같아?"

"요괴는 사람의 어두운 마음에 들러붙어서 육체를 빼앗는다고 들었어. 설마……."

"아, 그 꼬맹이가 그래? 어제 교문에서 얼쩡거리더라? 하도 무방비 상태라 웃음밖에 안 나왔지 뭐야. 어제는 나도 준비가 덜 돼서 내버려뒀지만 말이야."

"준비라니?"

카이토, 아니 카이토의 형체를 뒤집어쓴 요괴가 여유 있게 웃었다.

"이제 너의 그 '힘'의 정체가 뭔지 보여 주지."

말을 마치기 무섭게 요괴가 그림자 안에 손을 푹 찔러 넣었

168

다. 팔꿈치까지 쑥 들어간 손은 무언가를 더듬어 찾았다.

바닥이 물처럼 일렁거렸다.

이윽고 그 손은 무언가를 잡아채 쑥 꺼냈다. 온통 검은 비늘로 뒤덮인 그 생물체는 눈알까지도 새까맸다.

이마의 뿔을 붙잡힌 채 끌려 올라온 생물체가 물고기처럼 파닥거리며 미친 듯이 몸부림을 쳤다.

"뭐야, 아직 꼬맹이잖아. 햇빛이 눈부셔? 조금만 참아라."

"이게…… 뭐야……."

마시로는 공포에 질렸다.

"어때, 개처럼 보이지 않아?"

카이토가 재미있다는 듯이 쿡쿡 웃었다.

'검은 비늘의…… 요괴?'

비늘 요괴의 몸에서는 전기가 흐르고 있었다. 몸 여기저기에서 타닥타닥 소리와 함께 불똥이 튀었다.

"그 꼬맹이가 알려 줬겠지? 요괴는 사람의 어둠을 좋아한다고. 차지한 육체의 어둠이 깊을수록 요괴는 더 큰 힘을 얻을 수 있지. 그래서 이 녀석은 네 안에 조용히 머무르면서 어둠이 깊어지기를 기다렸던 거다. 왜, 옛이야기에도 있잖아? 마녀가 어린아이를 살찌워서 잡아먹는다는 이야기. 바로 그거야, 그거."

"날 잡아먹으려고…… 어둠이 계속 깊어지길 기다렸다고?"

마시로의 무릎이 탁 꺾였다. 온몸에서 힘이 쑥 빠져나가며

와르르 무너져 내리는 기분이 들었다.

"뭐야…… 요괴였다니."

이상하게도 요괴에게 증오의 감정은 들지 않았다. 그 대신 마시로를 휘감은 것은 끝 모를 무력감이었다.

자신에게 힘이 있는 줄 알았다. 그 힘으로 누군가를 지킬 수 있다는 조심스러운 기대도 잠시 품었다. 하지만 처음부터 이것은 자신의 힘이 아니었다.

'그렇다면 내가 할 수 있는 건 이제 아무것도 없어.'

지금껏 다른 사람을 다치게 하는 것이 괴로웠고, 소외당하는 게 슬펐다. 그런데 그 모든 시간이 요괴의 힘을 키우는 데 이용되었다니…….

마시로는 검은 비늘 요괴를 물끄러미 바라보았다.

"사람들을 다치게 하고, 날 외톨이로 만들면 내 어둠이 깊어질 거라고 생각한 거야? 너도 참 바보구나……. 아무리 그래도 소용없어."

마시로는 웃음이 나왔다. 메마른 목소리가 목에 걸렸다.

"나는 그날부터…… 이미 어둠의 밑바닥에 있었거든."

비늘 요괴의 새까만 눈동자가 빙글 돌아 마시로에게로 향했다. 그 눈은 온통 새까맸지만, 신기하게도 마시로는 요괴의 시선이 자신에게 향해 있다는 것을 알 수 있었다.

이미 마시로는 그 눈을 노려볼 힘도 남아 있지 않았다.

"으음, 좋아. 이만하면 휘핑크림을 듬뿍 얹은 데다 토핑까지 추가한 느낌이군."

카이토는 만족스럽다는 듯이 미소 지으며 비늘 요괴를 더욱 높이 쳐들었다.

"자, 이 여자애를 먹어라."

'나도 죽는구나.'

눈을 질끈 감으려는데 눈앞에서 하얀빛이 세로로 날아왔다.

카이토가 옆으로 휙 물러나고, 비늘 요괴는 꿈틀거리며 아래로 파고들고, 하얗게 빛나는 검날이 바닥을 뚫었다.

순식간에 벌어진 일이지만 마시로의 눈에는 그 모든 것이 아주 느리게 재생되는 동영상처럼 보였다.

"마시로 누나!"

하늘을 가르고 떨어진 것은 다이고였다.

"다이고……."

다이고는 힘없이 중얼거리는 마시로를 재빨리 등 뒤로 숨기고 두 다리로 섰다.

카이토는 카페의 지붕에 올라서 있었다. 주머니에 두 손을 찔러 넣은 채 어깨를 으쓱하는 카이토의 표정에는 여유가 넘쳐났다. 어느새 이마에는 뿔이 돋아나 있었다.

"오오, 꼬마야! 그 녀석이 마력으로 날려 보내 주디? 여기까지 날아오면서 어디 다치진 않았고?"

"네놈이 주정뱅이 두목이냐……. 어쩐지 구린 냄새가 폴폴 나더라."

"그래? 냄새가 났단 말이지? 덕분에 헤매지는 않았겠는걸."

요괴가 말하면서 날렵하게 몸을 피했다. 다이고의 등 뒤에서 발사된 우타키의 마력이 카이토, 즉 주정뱅이 두목이 서 있던 자리에 구덩이를 파 놓았다.

카이토의 모습을 한 주정뱅이 두목은 껄껄 소리 내어 웃었다.

"그럼 정식으로 내 소개를 하지. 맞다, 이 몸이 바로 주정뱅이 두목이시다. 이런 전율은 천 년 만에 처음 느껴 보는군! 기분이 째지는구나!"

주정뱅이 두목은 아래를 쓱 둘러보더니 두 손바닥을 짝 마주쳤다.

"그럼 시작해 볼까?"

주정뱅이 두목의 두 손이 세모꼴을 만들었다. 그러자 우타키가 다급히 외쳤다.

"다이고! 그 애를 데리고 여길 벗어나라!"

우타키의 말이 채 끝나기도 전에 주정뱅이 두목으로부터 돌풍이 일었다. 쏴아, 물 흐르는 소리가 들리고, 주변이 완전히 다른 세계로 바뀌기 시작했다.

"뭐야, 이게 어떻게 된 거야?"

다이고는 세계가 뒤집히는 광경을 멍하니 지켜보았다.

사방에서 산이 솟아오르고, 양옆으로 폭포가 쏟아져 내리는 벼랑이 치솟았다. 카페가 사라진 자리는 산을 올려다보는 골짜기가 되었다. 벼랑에서 떨어지는 몇 줄기 폭포수가 골짜기 밑에서 개울을 이루었다.

우타키가 심각한 얼굴로 말했다.

"놈이 마력으로 만들어 낸 세계에 끌려 들어왔다."

"어?"

바위 위에 올라선 다이고의 머리 위에서 쩌렁쩌렁한 목소리가 울려 퍼졌다.

"오에산의 처형 계곡에 온 걸 환영한다!"

공중에 뜬 주정뱅이 두목이 잔인한 미소를 지으며 내려다보고 있었다.

4장

이름을
지어 준다는 것

　마시로가 신사 우물에 몸을 던진 건 초등학교 5학년 때였다.

　'이쪽' 세계에서 '저쪽' 세계로, 마시로는 도망치듯 뛰어들었다. 내려가는 길은 어둠, 오직 어둠뿐이었다.

　어둠으로 떨어지며 의식을 잃은 마시로는 나무 밑동에 기대어 쓰러진 채 깨어났다.

　아름드리나무가 빽빽한 숲은 이상하게도 보랏빛 어둠에 휩싸여 있었다.

　'여기가 저쪽 세계인가……..'

　"으으, 속이 울렁거려."

　정신이 들자마자 마시로는 배를 부여잡고 신음했다.

　멀미를 하는 것처럼 속이 울렁거렸다. 공기가 무겁게 가라앉아 있어서 숨을 들이쉬고 내쉬기조차 힘겨웠다. 혁혁대며 숨을 몰아쉬던 마시로는 결국 토하고 말았다.

　불쾌한 냄새가 코로 훅 밀려들었다. 꼭 물비린내 같았다.

　냄새와 함께 나타난 것은 일렁이는 검은 그림자였다. 안개 같기도 하고, 연기 같기도 했다.

　그 안에 떠 있는 한 쌍의 검은 눈을 보고서야 마시로는 그것이 살아 있는 존재임을 알 수 있었다.

"아오바……?"

그럴 리 없겠지만 마시로는 동생의 이름을 불러 보았다. 동생을 다시 만나고 싶었다.

하지만 검은 눈의 목소리는 아오바가 아니었다. 목소리가 마시로에게 말했다.

"너의 이름 내놔라."

몽롱한 머리로 마시로는 '아, 그렇구나.' 하고 이해했다.

"나는 죽은 거구나. 혹시…… 염라대왕님이세요?"

전에 책에서 읽은 적이 있다. 사람이 죽으면 염라대왕이 살아 있는 동안에 한 일을 묻고 지옥행과 천국행을 결정한다고.

삽화로 본 염라대왕과는 전혀 다르게 생겼지만 상관없었다.

"저는……."

숨을 헐떡거리면서 마시로는 간신히 말을 뱉었다.

"동생을 죽였어요……."

미지근한 바람이 불어와 머리카락을 휘날렸다.

마시로는 지옥행을 알리는 목소리를 기다렸다.

"너의 이름 내놔라……."

검은 눈은 마시로에게 가까이 다가오며 같은 말을 되풀이할 뿐이었다.

하나
오예산의 처형 계곡

★

"요괴가 만든 세계라고?"

다이고는 난데없이 바뀐 풍경을 둘러보며 지형을 살폈다.

골짜기는 산이 쩍 벌어진 것처럼 깊었다. 커다란 바위가 우뚝우뚝 박힌 골짜기 바닥에서는 민첩하게 움직이기 힘들어 보였다. 더구나 바위 밑으로 물이 흐르고 있어서 까딱하면 미끄러져 넘어질 것 같았다.

"잘 봐라, 내가 살았던 시대의 하늘이다. 공기가 맑고 유난히 파랗지? 이게 진짜 하늘이란 거다."

주정뱅이 두목이 파란 하늘을 우러러보았다.

"옛날에 나는 산적의 몸을 숙주로 취한 적이 있다. 갓난아기 때 버려진 놈을 산적 패거리가 주워다 키웠지. 놈은 내가 그 몸을 차지할 때까지 오직 하늘만을 지붕 삼아 살았던 모양이더군. 이 몸이 저 넓은 하늘을 좋아하는 것은 아마 그 녀석 때문이겠지."

"헛소리 집어치워!"

매섭게 외치는 다이고의 목소리가 골짜기에 쩌렁쩌렁 울려 퍼졌다.

178

"마시로 누나는 상관없잖아! 그러니 마시로 누나만이라도 돌려보내라!"

다이고의 등 뒤에서 마시로는 눈앞에서 벌어지는 믿기 힘든 광경에 충격을 받은 나머지 다리에 힘이 풀려 주저앉고 말았다.

주정뱅이 두목은 집게손가락을 천천히 흔들었다.

"안 되지, 안 돼. 마시로가 없으면 아무 의미가 없거든."

"설마, 네가 노리는 게 마시로 누나냐?"

등 뒤에 주저앉은 마시로가 조그만 소리로 "다이고." 하고 불렀다.

"다이고, 그건…… 내 힘이 아니었어."

다이고 앞에서는 무뚝뚝하기만 하던 마시로가 금방이라도 눈물을 쏟을 듯한 표정으로 입술을 꽉 깨물었다.

"누나 힘이 아니었다니, 그게 무슨 말이야?"

"꼬맹아, 궁금하면 너에게도 보여 주마."

주정뱅이 두목이 오른쪽 손바닥에 마력을 모았다.

"곧바로 그림자에 숨어 버리는 수줍은 아이란다."

우타키와 다이고는 즉시 반격 자세를 취했다.

하지만 주정뱅이 두목이 쏘아 보낸 마력 덩어리는 다이고와 우타키를 그대로 지나쳐 갔다.

"뭐야, 빗나가도 한참 빗나갔잖아?"

다이고가 마음을 놓은 순간, 주정뱅이 두목의 오른팔이 기다란 밧줄을 당기듯이 뒤로 쓱 끌어당겼다.

그러자 마력 덩어리가 공중에서 포물선을 그리며 부메랑처럼 되돌아왔다.

"앗, 공중에서 방향을 틀었어!"

마력 덩어리는 무방비 상태인 마시로의 등 뒤로 향했다. 그것이 마시로를 낚아채기 직전, 마시로의 발밑에서 크고 짙은 그림자가 홱 튀어 올라왔다.

파바박!

강렬한 섬광과 함께 그림자가 주정뱅이 두목의 마력을 튕겨 냈다.

"그림자가 움직였어?"

엉겁결에 내뱉은 다이고는 곧바로 자신이 잘못 봤다는 걸 알아차렸다.

"그림자가 아니었어. 저건…… 요괴?"

온몸을 뒤덮은 검은 비늘. 짐승처럼 길쭉한 머리. 이마에 돋아난 구부러진 한 쌍의 뿔. 검은자위뿐인 두 눈이 어둡게 빛났다.

"그런 거였군."

우타키의 입에서 신음 소리가 새어 나왔다.

검은 비늘 요괴는 낮은 소리로 으르렁거리며 마시로를 보호하려는 듯이 뒤에 감추고, 주정뱅이 두목을 노려보았다. 비늘 요괴의 커다란 몸에서 불꽃이 쉴 새 없이 타닥타닥 튀었다.

"저 전기 같은 힘은 혹시……."

"소녀의 마력인 줄 알았지만 사실은 요괴의 짓이었던 거야. 저 녀석은 아직 육체를 갖고 있지 않아."

우타키가 설명했다.

"마시로 누나의 그림자에 숨어 있었다는 거야? 대체 무슨 목적으로?"

다이고가 물었다.

"그거야 마시로의 몸을 얻기 위해서지."

주정뱅이 두목은 재미있다는 듯이 껄껄대며 웃고는 비늘 요괴에게 턱짓을 했다.

"이봐, 이제 그만 잡아먹어 버리래도. 안 그러면 내 계획이 틀어지잖아. 계속 그렇게 질질 끈다면, 네놈 숙주를 죽여 버리는 수가 있어!"

주정뱅이 두목은 이죽거리면서 다시 한 손을 들어 마시로를 겨냥해 마력 덩어리를 던졌다.

비늘 요괴는 이번에는 주위에 전기를 발산하여 마력 덩어리를 흩어 버렸다. 그 즉시 주정뱅이 두목의 반대편 손이 마력 덩어리를 다시 획 던졌다.

"그깟 하찮은 재주로 날 막을 수 있을 것 같으냐!"

마력 덩어리는 순식간에 거리를 좁혀 왔다. 마시로가 머리를 감싸 쥐며 비명을 지르는 동시에 비늘 요괴가 허공으로 몸을 던졌다. 온몸으로 마력 덩어리를 받아 낸 요괴는 잠시 휘청거리다 그대로 풀썩 쓰러지고 말았다.

"야, 저 요괴가……."

다이고는 뒷말을 삼켰다.

'저 요괴가 마시로 누나를 보호하고 있어. 하지만 요괴가 인간을 보호하다니, 설마 그럴 리가…….'

우타키도 믿을 수가 없었는지 입가를 손으로 문지르며 비늘 요괴와 마시로를 뚫어져라 바라보고 있었다.

비틀거리며 일어난 비늘 요괴는 나지막이 으르렁거리며 주정뱅이 두목을 위협했다.

"이런, 맙소사!"

주정뱅이 두목이 과장되게 한숨을 쉬었다.

"너 지금 뭔가 단단히 오해하고 있나 본데, 나는 네 먹잇감을 가로챌 생각 없거든? 네가 저 계집애를 잡아먹으면 돼. 그뿐이라고! 좋게 말할 때 내 말 듣지 그래? 안 그러면 나 정말 화낸다!"

경고를 날린 주정뱅이 두목은 두 손을 공을 받치듯 둥글게 모았다.

순간 팽팽한 긴장감이 감돌았다.

"어…… 어떻게 된 거지? 물이……."

다이고는 바닥을 내려다보았다. 발밑에서 흐르던 물이 갑자기 움직임을 멈췄다.

다음 순간, 탁구공만 한 크기의 물방울들이 주변의 바위 틈새에서 일제히 공중으로 떠올랐다.

"이거 아주 오랜만에 해 보는걸."

주정뱅이 두목은 손바닥을 펴고 두 팔을 내리더니 이내 하늘을 향해 힘껏 들어 올렸다.

그 순간 무수히 많은 물방울들이 일제히 하늘을 향해 올라갔다. 아득히 높이 솟구쳐 올라간 물방울들은 불꽃처럼 일렁이며 사방으로 퍼져 나갔다.

"어때, 장관이지? 물에 마력을 입혔거든. 이제 하늘에서 떨어지는 물방울이……."

주정뱅이 두목이 팔을 힘껏 아래로 내렸다.

"바위도 산산조각 내 버리지!"

무수히 많은 물방울이 맹렬한 속도로 떨어져 내리자, 우타키가 재빨리 다이고 주위에 마력으로 방어막을 쳤다.

"마시로 누나, 도망쳐!"

다이고가 비명을 지르듯 외친 소리는 거센 폭포수 같은 물소리에 묻히고 말았다.

물방울 폭탄은 순식간에 거대한 바위들을 가르거나 부수었고, 주위에는 어마어마한 물보라가 일었다.

공격이 그치고 잠잠해지자 다이고는 슬그머니 얼굴을 들었

다. 마시로가 쓰러져 있었다. 비늘 요괴도 그 위에 포개지듯이 누워 있었다.

"마시로 누나!"

다이고는 헐레벌떡 마시로에게 달려갔다. 그 주위에 반짝반짝 빛나는 것이 흩어져 있었다. 자세히 보니 그것은 검은 비늘이었다.

마시로는 상처 하나 없이 멀쩡했지만 요괴는 그렇지 못했다. 온몸이 팬 자국으로 가득했다. 크게 다친 요괴는 형체가 서서히 흐릿해지며 조금씩 윤곽을 잃고 있었다.

'마시로 누나는 무사하잖아! 그럼 역시……. 아니야, 설마 그럴 리가!'

다이고는 혼란스러웠다.

"이제 만족하느냐?"

주정뱅이 두목이 지겹다는 듯이 비늘 요괴를 내려다보았다.

"이제 네가 살아남는 길은 그 계집애의 몸에 들어가는 것뿐이다. 아무리 네가 철부지라지만 그 정도는 알겠지?"

비늘 요괴는 주정뱅이 두목의 말대로 하지 않았다. 비틀거리며 일어난 요괴는 마시로 앞에 버티고 서서 주정뱅이 두목을 노려보았다.

다이고는 이제 분명히 알 수 있었다. 지금 저 요괴는 마시로를 지켜 주고 있었다!

"왜……?"

마시로가 누구에게랄 것도 없이 물었다.

다이고 역시 궁금했다.

'이유를 모르겠네. 요괴가 사람을 지켜 주다니, 그건 있을 수 없는 일이야. 혹시 자기 먹잇감을 빼앗기지 않으려는 건가? 아무리 그래도…… 목숨까지 걸고?'

"우타키, 저 요괴 녀석 왜 저러는 거야?"

"이 소녀가 요괴를 부리는지도 모르지."

"요괴를 부린다고?"

"그래, 음양사처럼 요괴를 다루는 주인이 되는 거다. 하지만 아무리 그래도 이상한데……."

"이상하다니, 뭐가?"

"주인을 섬기는 요괴가 주인의 그림자에 숨어서 명령 없이 움직인다는 말은 들어 본 적이 없다."

잠시 공격을 멈춘 주정뱅이 두목도 의아한지 고개를 갸우뚱했다.

"흐음, 이거 이상한걸. 마시로, 이 녀석과 무슨 계약이라도 맺은 거냐?"

"계약이라니, 난 그런 거 몰라."

마시로는 힘없이 고개를 가로저었다.

주정뱅이 두목의 눈빛이 조금 달라졌다. 어쩐지 조급해 보이

186

는 눈빛이었다.

"아무렴 어때. 내 말을 거역한다면 없애 버리면 그만이다!"

말을 마치기 무섭게 공중으로 솟아오른 주정뱅이 두목이 다시 공을 든 것처럼 두 손을 둥글게 모으고 비늘 요괴에게 향했다.

"얌전히 죽어라!"

바위 사이를 흐르는 시냇물이 다시 움직임을 멈췄다.

"그렇게는 안 될걸!"

그 손이 물방울을 만들어 내기 직전, 다이고가 쏜살같이 뛰어올라 주정뱅이 두목을 향해 검을 날렸다.

하지만 주정뱅이 두목이 조금 더 빨랐다. 즉시 손동작을 멈추고 다이고를 향해 홱 돌아서서, 검지와 중지만으로 검날을 잡아챘다.

"으윽……!"

겨우 손가락 두 개에 잡혔을 뿐이지만 다이고는 아무리 몸부림쳐도 검을 빼낼 수가 없었다.

"어이, 꼬맹이! 좀 뛰는데? 마력도 못 쓰는 주제에 말이지!"

"너 이 자식, 무슨 꿍꿍이야! 네가 노리는 건 우리일 텐데? 장난은 집어치워!"

주정뱅이 두목은 손가락으로 검을 잡은 채로 다이고를 끌어당겼다. 끌려가지 않으려고 발버둥 치는 다이고에게 주정뱅이

두목은 얼굴을 바짝 들이대고 속삭였다.

"어떠냐, 강하지? 육체가 있으니 정말 끝내주게 좋군그래."

"당연히 끝내주겠지."

다이고는 그렇게 말하고 머리를 뒤로 한껏 젖혔다.

"그렇지?"

씩 웃으며 말한 다이고는 혼신의 힘을 다해 주정뱅이 두목의 얼굴을 이마로 들이받았다.

"으악!"

예상치 못한 박치기를 당한 주정뱅이 두목은 눈이 까뒤집힌 채 코피를 뿜으며 맥없이 추락했다. 때맞춰 우타키가 쏘아 보낸 마력이 그 몸뚱이를 정통으로 때렸다.

쿠우웅!

주정뱅이 두목은 무시무시한 소리를 내며 암벽에 처박혔다.

'이겼다!'

다이고의 발이 바위에 닿자마자 우타키의 마력이 다시 다이고를 공중으로 올려 보냈다. 마력에 올라탄 다이고는 무시무시한 속도로 날아가, 암벽에 처박힌 주정뱅이 두목을 노리고 검을 찔렀다.

까앙!

어느새 주정뱅이 두목은 사라지고 바위만 폭발하듯이 부서졌다.

"어?"

"아주 그리운 맛이로군."

등 뒤에서 들리는 목소리에 돌아보니, 주정뱅이 두목은 아무렇지 않게 두 발로 서 있었다. 턱으로 흘러내린 핏줄기를 손가락 끝으로 닦아 혀로 핥짝거리는 모습이 여유가 넘쳤다.

"이 욱신거리는 느낌도, 피 맛도, 육체가 없으면 맛볼 수 없지."

말을 마치자마자 손가락 끝에 묻은 피를 탁 튕겨 냈다.

"피해!"

우타키가 외치자 다이고는 잽싸게 옆으로 몸을 던졌다. 동시에 다이고가 서 있던 자리에 무수히 많은 못이 날아와 박혔다.

"흥, 잘도 피하는군."

"너…… 물뿐만이 아니라 피도 무기로 쓰는 거냐?"

다이고는 헉헉거리며 물었다.

"그리고 술도."

주정뱅이 두목이 히죽 웃으며 말했다.

"옛날엔 잔치 자리에서 이렇게 술을 날려서 무례한 놈들을 참 많이도 죽였다. 그다음엔 죽은 놈의 피를 술에 타서 다 같이 마셨지. 그런 게 바로 풍류 아니겠느냐?"

"아, 그러셔? 그렇게 강하면 굳이 우리를 이런 곳으로 끌고 올 필요도 없었을 텐데, 안 그래?"

"하, 어쩔 수 없었다. 너무 소란 피우지 말래서 말이지."

그 말에 우타키가 의아한 듯이 중얼거렸다.

"누가 그런 말을……?"

주정뱅이 두목이 우타키를 보고 어깨를 으쓱했다.

"계약을 했걸랑! 그러니 귀찮아도 여기까지 올 수밖에 없지."

주정뱅이 두목은 주저앉은 채 움직이지 않는 마시로를 흘끗 보았다. 그 옆에 쓰러져 있는 비늘 요괴는 이제 아무런 움직임이 없었다.

"쳇! 이 계집애를 이용하려고 했는데. 이번엔 실패한 것 같군."

다이고가 발을 쿵 굴렀다.

"야, 주정뱅이 두목!"

다이고는 검을 두 손으로 단단히 움켜쥔 채 주정뱅이 두목을 노려보았다. 치밀어 오르는 화를 참기 힘들었다.

"입 그만 나불거려! 네놈의 비겁한 짓이라면 지긋지긋해! 히나타도, 소야도, 거기다 마시로 누나까지 끌어들이면서 정작 자기는 나서지 않은 주제에! 우리를 노린다면 처음부터 네놈이 직접 왔어야지!"

가슴속 깊은 곳에서부터 치밀어 오르는 분노로 다이고의 눈은 이글거리고 있었다.

"어이쿠야! 이젠 내가 직접 상대해 주길 바라는 건가? 후훗, 감당할 수 있으려나."

번쩍!

주정뱅이 두목의 눈이 빛나고, 손에서 물웅덩이가 움직이며 차츰 어떤 모양이 되었다. 이내 그 손에는 긴 검이 들려 있었다.

"덤벼 봐라, 너희 두 놈을 단칼에 베어 줄 테니."

인간을 지키는 요괴
★

심각한 부상을 입은 비늘 요괴의 형체가 급격히 희미해졌다.

"너, 왜 나를 지켜 준 거야?"

마시로가 떨리는 목소리로 물었다.

그 물음에 답하듯 검은 눈이 마시로를 가만히 바라보았다.

"내 몸에 들어오면 너는 살 수 있다며. 근데 왜 그러지 않은 거야?"

그러자 요괴의 목소리가 들렸다. 형체는 바람에 흩날려 점점 사라져 갔지만 목소리만은 또렷했다.

"구마가…… 마시로 지킨다."

그것은 마시로에게 두 번이나 '도망쳐.'라며 경고해 준 목소리였다.

"지금…… '구마'라고 했어?"

요괴에게 되물은 순간…….

'아!'

마시로는 이계에서의 기억이 완전히 되살아났다.

보랏빛 공기. 이끼에 덮인 아름드리나무. 가물가물한 의식 속에서 들었던 목소리…….

"약속이다."

'설마…….'

"너, 그때부터 계속…… 내 옆에 있었구나."

마시로는 가슴이 먹먹해졌다.

"구마……. 그래, 그게 너의 이름이야."

흑요석 같은 새까만 눈이 조금 움직였지만 요괴는 더는 말을 하지 못했다. 요괴의 윤곽은 이미 사라졌고, 안개처럼 희미한 형체에 남은 것은 동동 뜬 두 눈뿐이었다.

"구마, 너 죽는 거야?"

그 눈마저도 차츰 희미해지고 있었다.

"너도…… 죽는 거야?"

'아오바처럼.'

생생하게 되살아난 그날의 기억이 지금 자신의 모습과 겹쳐졌다.

동생의 자그마한 몸에서 피가 멈출 줄 모르고 계속 흘러나왔다. 마시로는 그 피를 멎게 할 도리가 없었다. 동생을 살려 낼 방법이 없었다.

"이번에도 같은 일이 되풀이되는구나."

툭 내뱉은 자신의 말에 마시로는 가슴이 찢어지는 것처럼 아팠다.

요괴는 사람을 습격하고, 마력으로 손쉽게 사람을 해친다.

요괴는 인간의 적이다. 마시로도 잘 아는 사실이다.

그렇지만 지금은 다르다.

'지금 내가 아무것도 하지 않으면, 여기서 살아남는다고 해도 아무런 의미가 없어.'

마시로는 목숨 걸고 자신을 지켜 준 구마를 살려 내기로 결심했다.

"너를 죽게 놔두지 않아."

다짐하듯 말하고, 마시로는 이제 거의 사라진 검은 눈을 똑바로 바라보았다.

"구마, 나에게…… 내 몸으로 들어와. 내 몸 안에 들어와서 살아."

그러자 요괴는 마시로의 안으로 빨려들어 갔다.

셋
요괴가 된 마시로
★

팽팽하게 대치 중이던 우타키와 주정뱅이 두목은 동시에 변화를 감지했다.

"요괴가 마시로의 몸 안으로 빨려들어 간 건가?"

다이고를 노리던 주정뱅이 두목이 혼잣말을 했다. 손에 들린 기다란 검이 철퍽, 하고 물이 되어 흘러내렸다.

마력의 방패로 다이고를 보호하던 우타키도 마시로를 바라보았다.

바닥에 내동댕이쳐진 채 움직이지 못하던 다이고도 달라진 분위기를 알아차리고 힘겹게 몸을 일으켰다.

"무슨 일이 일어난 거지?"

그때 마시로가 천천히 일어나 고개를 돌렸다.

그 얼굴이, 손발이, 순식간에 검은 비늘로 뒤덮였다.

'앗, 요괴가 마시로 누나 몸 안에 들어갔잖아!'

"지금 바로 구해 줄게!"

다이고는 쏜살같이 달려가 기합 소리와 함께 검을 내리쳤다.

하지만 마시로의 손이 검날을 잡고 막아섰다. 그 손은 이미 인간의 것이 아니었다. 온통 비늘로 뒤덮여 있었다.

아직 남아 있는 마시로의 한쪽 눈이 애원하듯 다이고를 쳐다보았다.

"이 요괴를…… 베지 말아 줘."

"뭐, 뭐어?"

"내가…… 살려 낼 거야……."

"살려 내다니! 누나는 지금 요괴한테 먹혔다고! 근데 구하지 말라는 거야?"

다이고가 대답을 들을 새도 없이 마시로의 남은 한쪽 눈마저 요괴의 눈으로 바뀌어 버렸다.

흑요석처럼 새까만 눈동자가 휘리릭 돌아가더니, 그 시선이 다이고에게 꽂혔다. 순간 한 번도 겪어 본 적 없는 끔찍한 고통이 다이고의 온몸을 관통했다. 강력한 전기 충격이었다.

"으아아아아아악!"

완벽히 요괴로 변한 마시로는 주저 없이 다이고에게 덤벼들었다.

우타키가 마력으로 비늘 요괴를 날려 버린 덕분에 다이고는 전기 충격에서 가까스로 벗어날 수 있었다.

"아파서…… 죽는 줄 알았네……."

비틀거리며 간신히 일어난 다이고를 비늘 요괴의 눈이 뚫어져라 바라보고 있었다.

"너도 우리 적이다."

"우리라니, 그게 무슨 소리야!"

비늘 요괴는 대답하지 않고 타닥타닥 불꽃을 튀기면서 공격해 왔다. 예리한 손톱이 금방이라도 다이고를 갈기갈기 찢을 기세로 사정없이 할퀴었다. 당황한 다이고는 정신없이 검을 휘둘렀지만, 이미 둔해진 몸은 뜻대로 움직이지 않았다.

"망설이지 마, 다이고! 베어 버려!"

다이고를 도우러 달려가는 우타키를 주정뱅이 두목이 막아섰다.

"방해하지 말라고. 애송이들끼리 싸우게 놔둬. 이렇게 눈치가 없어서야 원."

"지금 무슨 꿍꿍이냐!"

"그건 내가 묻고 싶은 말이야. 네 상대는 나라고!"

주정뱅이 두목의 팔에서 울퉁불퉁 근육이 솟아오르고, 두 손에는 마력이 모였다.

"진지하게 상대해 주마. 어디 덤벼 봐라."

주정뱅이 두목이 두 손에 머금은 마력 덩어리는 빠르게 커지더니, 금세 거대한 불덩이로 변했다. 다음 순간, 지금껏 보지 못했던 거대한 불덩이가 우타키를 향해 정면으로 날아왔다. 우타키가 충분히 피할 수 있는 둔한 공격이었다.

하지만 우타키는 피하지 않았다. 만약 피한다면, 주정뱅이 두목은 마력 덩어리를 공중에서 되돌려 다이고를 공격할 터였다.

우타키는 날아오는 마력 덩어리를 조준하여 마력을 쏘았다. 두 개의 힘이 공중에서 충돌하면서 강렬한 보랏빛 섬광이 번쩍였다. 이윽고 요란한 폭발음과 함께 폭풍이 주변을 휩쓸었다.

그 여파로 거대한 나무들이 픽픽 쓰러지고, 발밑을 흐르던 시냇물이 하늘 높이 솟구쳐 올랐다가 비처럼 쏴아아 쏟아져 내렸다.

"크크크…… 과연, '그놈'이 굳이 이 세계를 만들어서 싸우라고 한 이유를 이제야 알겠군. 너 언제 이렇게 강해진 거냐?"

히죽히죽 웃는 주정뱅이 두목의 눈빛이 잔인하게 번뜩였다.

"하지만 나는 더 강하다."

넷

흑화

★

"이봐, 요괴…… 대체 왜 마시로 누나가 널 지키려는 거냐?"

비늘 요괴를 상대로 싸우고 있는 다이고의 몸은 이미 만신창이였다. 몸 여기저기가 날카로운 발톱에 찢기고, 전류에 감전된 온몸이 찌릿찌릿 아팠다. 게다가 처음에 공격당한 팔은 시간이 지날수록 점점 더 심하게 떨려 와서 손에 쥔 검을 떨어뜨릴 것만 같았다.

비늘 요괴는 만만치 않은 상대였지만 다이고는 온 힘을 다할 수가 없었다. 마시로가 지키려고 했던 요괴를 베어야 할지 확신이 서지 않았기 때문이다. 다이고의 망설임이 깊어질수록 싸움은 점점 힘들어졌다.

갑자기 등 뒤에서 획 불어온 돌풍에 다이고는 황급히 바위에 매달렸다. 뒤를 돌아보니 멀지 않은 곳에서 주정뱅이 두목과 우타키가 어지럽게 싸우고 있었다.

우타키의 얼굴에도 초조함이 배어 있었다.

'나도 우타키도 이제 곧 체력이 바닥날 텐데, 이렇게 망설여서는 안 돼!'

다이고가 잠시 방심한 틈을 놓치지 않고 비늘 요괴가 번개같이 달려들어 다이고의 어깨에 발톱을 박아 넣고 강력한 전기를 흘려 넣었다.

말로 표현할 수 없는 끔찍한 고통에 다이고는 까무러치기 일보 직전이었다.

"으아아아아아악!"

"다이고!"

다이고를 도우려는 우타키를 주정뱅이 두목이 가만 놔둘 리 없었다.

"호오, 날 앞에 두고 한눈을 팔려고?"

주정뱅이 두목이 능글맞게 웃었다.

"계속 방어만 하는군. 벌써 지친 게냐? 안심해라, 곧 끝내 줄 테니."

"이 자식이…… 어쩔 셈이냐."

"말해 두겠는데, 저 애송이 녀석을 해치우는 건 내가 아니야……. 겁이지."

"뭐라고?"

"네가 몸 안에 들어갈 수 없으니 저 애송이 혼자서 겁을 쓸 수밖에 없겠지. 그리고 상대는 깊은 어둠을 가진 계집애다. 과연 저 녀석이 그 깊은 어둠을 견뎌 낼 수 있을까? 후후후!"

"네놈이 노리는 게 그거였어?"

그 순간…….

"히야아아야압!"

우렁찬 기합과 함께 다이고가 요괴가 된 마시로를 찔렀다. 하지만 다이고의 얼굴에는 여전히 망설임이 짙게 서려 있었다.

검의 주인과 검은 일심동체다. 검을 쓰는 자가 주저하면 검도 주저한다.

주정뱅이 두목의 책략과 다이고의 망설임이 최악의 사태를 불러오고 말았다.

"다이고!"

우타키는 속절없이 다이고를 불렀다. 앞을 가로막은 주정뱅이 두목의 어깨 너머로 허둥대며 소리치는 다이고의 모습이 보였다.

"불꽃이 타오르지 않아! 어떻게 된 거지?"

검은 요괴의 몸뚱이를 깊숙이 파고들었지만, 평소와 다르게 푸른 불꽃이 일지도 않고 마시로가 떨어져 나오지도 않았다. 다만 어둠만이 그동안 한 번도 겪어 본 적 없는 무서운 속도로 다이고의 팔을 타고 올라와 서서히 몸을 뒤덮었다.

"무슨 어둠이 이래? 다른 때와는 전혀 달라!"

터무니없이 무겁고 깊은 어둠을 견디지 못한 다이고는 저도 모르게 무릎이 탁 꺾이며 주저앉았다.

"우타……."

우타키를 보려고 했지만 깜깜한 어둠 속에서는 아무것도 보이지 않았다. 이어서 귀도 막힌 듯 아무 소리도 들리지 않았다. 잠에 빠져드는 것처럼 온몸의 감각이 아득히 멀어져 갔다. 마침내 다이고의 의식은 어둠에 완전히 삼켜지고 말았다.

다이고의 몸이 빈 껍질처럼 와르르 무너져 내렸다.

그 모습을 지켜보던 주정뱅이 두목이 득의양양한 얼굴로 미소를 지었다.

"흑화로군."

다섯
우물 속으로
★

다이고의 의식은 마시로의 어둠 속으로 천천히 가라앉았다.

지금까지 검이 보여 준 어둠에서 깊이를 느낀 적은 한 번도 없었다. 하지만 이번만은 달랐다. 다이고는 아래로, 아래로, 하염없이 끌려 내려갔다.

'어디까지 떨어지는 거지……?'

"마시로!"

밝은 목소리와 함께 별안간 어둠이 걷힌다.

"마시로오오!"

눈앞에 넓은 도로가 펼쳐져 있다. 트럭 한 대가 눈앞을 스치며 멀어져 간다. 길 건너에는 초등학교 3학년쯤으로 보이는 소년이 서 있다.

'저 애, 혹시 마시로 누나의 동생인가?'

소년의 시선을 따라가자 다이고가 서 있는 쪽에서 인도를 걷는 긴 머리 소녀가 보인다.

'마시로 누나다. 초등학생 때구나.'

203

마시로가 걸어가는 인도와 나란히 철길이 깔려 있고, 전철 지나가는 소리가 들린다.

'아무리 불러도 전철 소리 때문에 마시로 누나한테는 들리지 않을 텐데.'

다이고는 다시 찻길 건너편의 소년을 바라본다. 마시로를 놀래 줄 생각인지 키득키득 웃고 있다. 그러더니 갑자기 차도로 내려온다.

'안 돼!'

끼이이이익!

급브레이크를 밟는 소리, 무언가를 쾅 들이받는 소리가 차례로 들린다.

마시로가 소스라치게 놀라 돌아본다.

순간, 모든 소리가 지워지고 시야는 진홍색으로 물들어 있다. 눈에 보이는 모든 것이 새빨갛다.

붉게 물든 세상에서 마시로가 보고 있는 것이 다이고의 눈에도 어슴푸레하게 보인다.

마시로는 쓰러진 소년의 몸을 두 손으로 누르고 있다. 혼신의 힘을 다해 누르고 있는데도 작은 손가락 사이로 피가 계속 흘러나온다. 어떻게든 꺼져 가는 생명을 붙들려는 듯이 마시로는 필사적으로 소년의 몸을 누른다.

붉은빛이 서서히 어두워지고, 이윽고 칠흑 같은 어둠이
세상을 뒤덮는다.

다음 장면은 창문 하나 없는 좁고 어두운 방이다.

"소리를 못 들은 거지?"

경찰복을 입은 여자가 책상 반대편에 앉은 마시로에게
거듭 묻는다.

"마시로, 아오바가 널 부르는 소리를 못 들은 거지? 그
래서 아오바가 차도로 뛰어든 거야. 그런 거니?"

마시로는 간신히 목소리를 쥐어짜 대답한다.

"제가, 제가 듣지 못해서…… 그런 거예요."

가슴이 에인다.

아무리 후회해도, 아무리 소리쳐도 그날 일어난 일을 바
꿀 수는 없다.

아오바는 돌아오지 않는다.

그리고 마시로의 생각은 늘 같은 결론에 닿는다.

'내 잘못이야.'

씻을 수 없는 죄책감과 책임감, 밀려오는 후회와 쓸쓸

함. 다이고 역시 마시로의 그런 감정에 오롯이 휩싸인다.

다음으로 보이는 건 숲에 둘러싸인 신사의 경치다.

"죽을 텐데."

코트를 입은 남자가 말한다. 절에서 나는 좋은 향냄새가 풍긴다.

'바로 그거야.'

마시로는 진심으로 기뻐한다. 죽으면 고통스러운 나날에서 벗어날 수 있다.

단 1초도 망설이지 않고 마시로는 어두운 우물 속으로 몸을 던진다.

다이고는 다시 깊은 어둠 속으로 가라앉기 시작했다. 점점 희미해지는 의식을 가까스로 부여잡고 다이고는 생각했다.

'검으로 마시로 누나의 과거를 바꿀 순 없어. 그렇다면 어둠을 떨쳐 내는 의미도 없어. 내가 싸우는 의미가…… 없어.'

가물거리는 의식의 끈을 겨우 붙들고 있는 다이고의 눈에 뭔가가 들어왔다.

어둠 속에 웅크리고 있는 '그것'이 다이고를 가만히 살피고 있었다.

여섯

계약

★

쿠웅!

암벽이 또 한 번 크게 파였다.

가까스로 공격을 피한 우타키는 공중으로 도망쳤다. 하지만 주정뱅이 두목은 지칠 줄을 몰랐다.

"너와 내가 살았던 시대를 뭐라고 부르는지 알아?"

아득히 높은 곳에 떠 있는 주정뱅이 두목이 골짜기를 내려다 보며 물었다.

"헤이안 시대라고들 한다지. 평화롭고 안심할 수 있는 세상이 라나. 훗, 웃기지 않아? 요괴와 인간이 서로를 죽이던 때였는데 말이야."

"그래서 관문지기석을 파괴한 거냐? 세상을 요괴의 손아귀 에 넣으려고?"

주정뱅이 두목은 어깨를 으쓱했다.

"이거 왜 이래. 요괴인 이 몸은 관문지기석에 손도 못 댄다는 걸 잘 알면서. 인간이라면 모를까."

우타키가 눈짓으로 묻자 주정뱅이 두목은 소리 없이 웃으며 느긋하게 말했다.

"맞아, 인간이다. 너도 잘 아는 바로 그 인간. 인간 주제에 마력도 무지막지하고, 이따금 주술로 영혼을 환생시키는 그 녀석."

'설마……'

우타키는 침을 꿀꺽 삼켰다. 그만한 힘을 지닌 인간은 오직 한 사람뿐이다.

키가 큰 남자의 모습이 우타키의 머릿속에 선명하게 되살아났다. 온화한 미소, 그리고 그 뒤에 감춰진 무시무시한 본성도.

"왜지…… 놈이 왜 관문지기석을…….."

"바로 너 때문이다."

"뭐라고?"

"이게 다 너를 인간 세계로 끌어내기 위해서였지. 그놈은 어떻게 해서든 너를 손에 넣고 싶었던 거다."

주정뱅이 두목은 두 손으로 마력을 한껏 끌어올려 온몸에 휘감았다.

"관문지기석을 부수면 요괴가 인간 세계로 쏟아져 나올 테고, 검은 계승자를 부르겠지. 그런데 지금의 계승자는 저 풋내기 꼬마 녀석이잖아? 결국 너도 이계에서 나올 수밖에 없을 거라는 것이 놈의 계산이었다. 잘은 모르지만 저 꼬마 녀석, 너에게는 특별한 존재 같던데?"

우타키는 대답하지 않았다.

"뭐, 대답하지 않아도 좋다. 아무렴 어떠냐, 나는 관심 없는 일이다."

주정뱅이 두목이 끌어올린 마력은 이제 온몸을 갑옷처럼 완전히 감싸고 있었다.

"봉인을 풀어 주는 대신 놈의 부하가 된다……. 그게 네가 그놈과 맺은 계약이냐?"

"그래, 남의 지시에 따르는 건 영 마음에 안 들지만. 하지만 저 애송이 녀석을 죽이고 너를 넘겨주면…… 나는 자유의 몸이 된다!"

별안간 주정뱅이 두목이 날아올랐다. 아니, 눈앞에서 사라져 버렸다. 눈으로 좇을 수 없는 속도였다.

"으윽……."

놀랄 사이도 없이 강렬한 파동에 우타키의 몸이 기우뚱 흔들렸다. 어느새 옆구리에 구멍이 뚫려 있었다. 마력으로 무장한 주정뱅이 두목이 우타키의 몸을 관통한 흔적이었다.

힘을 잃고 추락하는 우타키에게 두 번째 공격이 날아왔다. 이번에도 피하지 못한 우타키는 포탄 같은 마력 덩어리에 정통으로 얻어맞고 그대로 골짜기 바닥에 처박히고 말았다.

주정뱅이 두목은 움직이지 못하는 우타키를 차갑게 내려다보고는 쓰러져 있는 다이고에게로 뚜벅뚜벅 걸어갔다.

"자, 그럼 이번엔 애송이 네 차례다."

다이고는 눈을 감고 있었다. 그 모습이 마치 잠든 것처럼 보였지만 피부 밑에서 이따금 검은 촉수가 꿈틀거렸다. 그건 다이고의 의식을 집어삼킨 어둠이었다.

"쯧쯧, 가엾구나. 어둠 속을 헤매고 있는 모양이군. 지금 바로 편히 쉬게 해 주마."

동정하는 눈빛으로 다이고를 내려다보며 주정뱅이 두목은 두 손을 움직였다.

곧바로 쏴아아, 소리와 함께 바닥에서 물이 솟아올랐다. 물은 마치 이불을 덮어 주듯이 다이고의 발밑에서부터 서서히 차오르기 시작했다. 어느새 가슴팍까지 올라온 물은 금세 입까지 차올랐다.

"잘 가라, 애송이. 즐거웠다."

물이 고르게 숨을 내쉬고 있는 다이고의 코를 덮으려는 순간……

"아직……."

주정뱅이 두목의 등 뒤에서 나지막한 목소리가 흘러나왔다.

"아직 끝나지 않았다."

우타키가 바위에 몸을 기대고 비틀비틀 일어났다. 주정뱅이 두목은 귀찮다는 듯이 하늘을 올려다보았다.

"패배를 인정해라."

우타키가 입을 벌렸다.

"패배한 건…… 바로 너다."

일곱

어둠의 이름

★

그 눈은 천천히 가라앉는 다이고의 의식을 가만히 관찰하고
있었다.

'누구냐…… 너는?'

그 검은 눈을 마주 본 순간, 다이고의 의식은 다시 마시로의
과거와 겹쳐졌다.

어둠이 서서히 보랏빛으로 바뀌어 간다. 마시로는 눈을
뜨고 이계의 경치를 둘러본다.

"너의 이름 내놔라."

말을 건넨 것은 당장이라도 사그라질 듯이 흔들리는 검
은 요괴다.

"아!"

마시로는 무언가를 깨닫고 작게 소리친다. 요괴의 몸에

서 무언가가 흘러나오고 있다.

"그거, 피지? 너 다쳤구나!"

상대가 무엇이든 그건 상관없다. 피를 계속 흘리면 죽는다. 뜻대로 움직여지지 않는 몸을 끌고 마시로는 요괴에게 다가간다.

하지만 마시로의 손끝은 요괴의 검은 몸을 그대로 통과해 버린다.

"널 만질 수가 없어. 이러면 널 도울 수 없는데……."

울상이 되어 고개를 들자 요괴가 마시로를 물끄러미 보고 있다.

"너의 이름 내놔라. 너에게 들어간다. 나…… 산다."

"내 이름을 알려 주면 네가 살 수 있는 거야?"

심장이 요동친다. 오로지 살려야 한다는 생각만이 머릿속에 가득하다.

"미, 미카게 마시로."

가슴이 얼마나 뛰는지 혀까지 꼬인다.

요괴는 그런 마시로를 신기한 듯이 바라보며 "왜?"라고 묻는다.

"요괴 서로 물어뜯는다. 힘 서로 빼앗는다……. 그런데 너 이름 스스로 준다. 왜?"

마시로의 입에서 떠밀리듯 대답이 튀어나온다.

"살리고 싶어서."

눈물이 뺨을 타고 주르륵 흐른다.

"무슨 일이 있어도 꼭 살리고 싶었어."

아오바가 죽고 나서 처음으로 마시로는 소리 내어 운다.

목이 메어 꺽꺽거리면서 서럽게 흐느낀다. 그 옆에서 검은 요괴는 귀를 쫑긋거린다.

울다 지친 마시로는 퍼뜩 정신이 든다.

"내 이름을 알려 줬는데…… 왜 넌 아직도 기운을 못 차리는 거야?"

대답할 생각이 없는 건지, 아니면 대답할 힘도 없는 건지 요괴는 말이 없다.

"넌 이름이 뭐야?"

말을 주고받으면서 이름을 모르는 게 불편해서 묻는다.

하지만 요괴의 대답은 뜻밖이다.

"나 이름 없다."

마시로의 머릿속에 문득 하나의 단어가 떠오른다.

"구마……."

요괴가 머리를 들고 마시로를 바라본다.

"어두운 곳이라는 뜻이야. 아오바가 선물한 책에 나온 말이야. 네 이름은 구마야."

"구마…… 나, 구마…… 구마……."

처음 가져 본 이름을 소리 내어 말하면서 요괴는 서서히 형체를 되찾기 시작한다.

몸을 뒤덮은 비늘이 보인다. 두 개의 뿔도, 갈기 같은 털도 또렷이 나타난다.

이윽고 타닥타닥 경쾌한 소리와 함께 몸 여기저기에서 불꽃이 튄다.

"우아, 예쁘다……."

마시로가 감탄한다.

가뿐히 몸을 일으킨 요괴가 말한다.

"마시로, 구마에게 이름 주었다. 힘을 주었다……. 구마, 마시로 몸에 안 들어간다."

"하지만…… 그러면 너는 죽지 않아?"

"지금 구마가 마시로에게 들어가면 마시로 몸 빼앗는다. 그건 구마가 하고 싶은 게 아니다."

고개를 숙인 채 힘주어 말하는 모습이 꼭 고집을 부리는 어린아이처럼 보인다. 마시로가 쿡쿡 웃자 구마는 신기하다는 듯이 고개를 든다.

잠시 후, 이계의 공기에 중독된 마시로는 다시 정신을 잃고 쓰러진다.

여덟

두 개의 눈

★

이윽고 마시로는 눈을 뜬다. 몸이 부드럽게 흔들린다.

구마가 보이지 않는 힘으로 마시로를 안고 걷고 있다. 뭔가를 찾고 있는 듯하다.

문득 주위가 밝아진 느낌에 고개를 들자, 저 멀리 노을 진 하늘이 보인다. 그 아래로 시골집의 지붕이 보인다.

마시로는 자신이 인간 세계로 돌아왔다는 걸 깨닫는다.

구마가 말한다.

"구마가 마시로 지킨다."

"안 돼, 사람들이 널 무서워할 거야."

"그림자에 숨어서 모습 보이지 않는다. 마시로를 지킨다. 약속이다."

마시로는 가슴이 먹먹해진다.

"나 너무 기쁜데 왜 괴로운 거지? 구마……."

다이고는 구마와 함께 인간 세계로 돌아온 마시로를 마음속으로 배웅했다. 여전히 흐릿한 의식을 부여잡으며 다이고는 생각했다.

'마시로는 구마를 구하면서 자기 자신도 구한 거야.'

마시로의 슬픔이 완전히 걷힐 수는 없을 것이다. 아오바를 잃은 어둠은 앞으로도 계속 마음속에 살아 있을 것이다. 그래도 어둠 속을 걷는 마시로의 옆에서 누군가가 손을 잡아 준다면, 그 발걸음이 아주 조금이라도 가벼워질 것이다.

'마시로에게 구마가 있어서 다행이야.'

쿵······.

마음을 놓는 순간, 다이고의 의식은 작게 고동치는 심장을 느꼈다.

심장의 작은 울림이 퍼져 나가며 몸에 잠시 빛이 깃들었다.

의식 속의 몸에 지나지 않았지만, 그 순간 다이고는 확실히 빛을 품었다.

쿵······.

빛은 여러 갈래의 줄기가 되어, 혈관을 흐르는 피처럼 온몸을 타고 달렸다. 이윽고 그 빛이 완전하지는 않지만 희미한 무늬를 만들어 냈다.

'꼭 우타키의 몸 같네.'

다이고가 그렇게 생각한 순간······.

쿵!

빛이 한층 강하게 빛났다.

'우타키.'

다시 한 번 그 이름을 떠올리고 마음속으로 불러 보았다. 의식이 또렷해지고 깊디깊은 어둠이 조금 옅어진 게 느껴졌다.

'우타키가 기다리고 있어.'

의식이 돌아온 다이고는 자신을 바라보는 두 눈을 마주했다.

다이고는 이미 알고 있었다, 그것이 누구의 눈인지.

아홉

각성

★

"패배한 건······ 바로 너다."

우타키는 말을 하면서 일어났다. 옆구리에 여전히 구멍이 뚫린 채로.

"뭘 어쩔 셈이냐? 허, 그런 몸으로 혼자서 덤비겠다고?"

우타키를 내려다보며 비웃던 주정뱅이 두목의 얼굴에서 곧 웃음기가 싹 가셨다.

"혼자가 아니다!"

언제 일어났는지 다이고가 땅을 박차고 솟구쳐 올랐다. 등 뒤에서 허를 찔린 주정뱅이 두목은 미처 돌아보지도 못하고 간발의 차로 공격을 피했다.

"어떻게 어둠에서 나왔지? 애송이가 제법이군!"

주정뱅이 두목은 으르렁거리며 팔을 들어 올렸다.

위이이이잉!

불길한 소리와 함께 골짜기를 흐르는 시냇물이 요동치면서 무수히 많은 물방울이 공중으로 둥둥 떠올랐다. 물방울들은 드릴처럼 맹렬히 회전하면서 다이고를 조준했다.

"도망칠 생각은 꿈도 꾸지 마라."

주정뱅이 두목이 노골적으로 살의를 드러내며 웃어 젖혔다.

"누가 할 소릴!"

땅을 박차고 허공으로 날아오른 다이고는 검을 높이 쳐들고 내려칠 자세를 취했다.

"모자란 놈! 넌 빈틈이 너무 많아!"

주정뱅이 두목이 물방울로 만들어 낸 드릴을 일제히 다이고를 향해 날렸을 때, 다이고가 외쳤다.

"구마!"

땅속에서 구마가 번쩍 튀어나왔다. 그대로 공중으로 뛰어오른 구마는 다이고를 향해 전류를 쏘아 보냈다.

순간, 번갯불이라고 착각할 정도로 눈부시고 강한 전류가 다이고의 손에 들린 검으로 흘러들었다.

다이고는 조금의 망설임도 없이 검을 힘껏 휘둘렀다. 검에서 흘러나온 전류가 물방울 드릴이 날아오는 족족 박살을 냈다.

단숨에 물에서 물로 내달린 전류는 순식간에 주정뱅이 두목을 덮쳤다.

"크아아아아아아아!"

무시무시한 비명을 지르며 주정뱅이 두목은 전류에 집어삼켜졌다. 순식간에 불길에 휩싸인 주정뱅이 두목은 무너지듯이 땅바닥으로 푹 고꾸라졌다.

"우타키!"

다이고는 헐레벌떡 우타키에게 달려갔다.

"괜찮아? 으악, 구멍……! 몸에 구멍이 뚫렸잖아!"

"빨리…… 놈을 처리해라."

"우타키, 설마 죽는 건 아니지?"

"바보."

우타키가 몹시 걱정되었지만 다이고는 움직임이 없는 주정뱅이 두목에게 검 끝을 겨누었다.

숯덩이처럼 검게 탄 주정뱅이 두목이 간신히 눈꺼풀을 들어올렸다.

"어떻게 네가…… 요괴의 힘을……."

"어둠 속에서 구마와 거래했지. 나 혼자서는 너를 쓰러뜨리지 못할 게 뻔하니까."

"그것만은…… 아닐 텐데. 그렇게 엄청난 주술을 쓰고도…… 설마 눈치채지 못한 거냐……."

무슨 소리인지 몰라 고개를 갸웃거리던 다이고는 그제야 자신의 팔을 내려다보았다.

"앗! 이 무늬, 어둠 속에서 봤던 건데!"

검을 쥔 다이고의 팔에 주술이 깃든 무늬가 문신처럼 떠올라 있었다. 우타키의 것과는 조금 다른 다이고만의 문양이었다.

주정뱅이 두목이 씁쓸하게 웃으며 우타키를 바라보았다.

"진지하게 맞서지 않은 이유가 이거였나. 저 계승자 녀석이…… 각성하길 기대했던 건가……."

"위험했던 건 사실이다."

"하…… 하하하……. 어이, 애송이. 두고 봐라, 차라리 흑화하는 편이 나았다고 생각하게 될 테니까."

주정뱅이 두목은 불에 검게 탄 얼굴로 웃으며 하늘을 올려다보았다.

"이 세상의 지옥을 실컷 즐겨라."

빛을 찾아내는 자
★

주정뱅이 두목은 검의 힘으로 이계로 쫓겨났다. 그 순간 다이고는 주정뱅이 두목이 몸을 차지한 소년, 아카미네 카이토의 어둠을 보았다.

카이토는 친구들과 잘 지내고 싶은 마음에 언제나 상대방에게 자신을 맞추는 소년이었다. 그러면서 조금씩 쌓인 스트레스가 카이토의 어둠이 되었다. 그리 큰 어둠은 아니었지만, 주정뱅이 두목이 몸을 빼앗기에는 충분했다. 더구나 마시로와 같은 반이기까지 했으니, 마시로에게 접근하기 위해 써먹을 숙주로 카이토가 제격이었던 것이다.

주정뱅이 두목이 이계로 돌아간 그 순간, 요괴가 만든 세계도 온데간데없이 사라졌다. 다이고 일행은 다시 쇼핑몰 옥상의 카페로 돌아와 있었다.

"마시로 누나도 잠들었어. 다행이다……."

긴장이 풀린 다이고는 그대로 털썩 주저앉았다. 쓰러진 마시로는 인간의 모습으로 돌아와 있었다.

째근째근 잠든 마시로의 그림자가 희미하게 일렁였다. 구마는 마시로의 그림자 속으로 돌아간 걸까.

우타키가 아무도 없는 카페 안을 둘러보며 지친 목소리로 말했다.

"주정뱅이 두목의 마력이 아직 남아 있군. 당분간 이곳에는 아무도 들어올 수 없을 거다."

"그 녀석, 엄청 강하더라. 이번에는 진짜로 위험했어."

다이고는 우타키가 바닥에 주저앉아 있는 모습을 처음 보았다. 우타키에게도 무척 힘든 싸움이었던 것 같았다.

걱정스러운 눈으로 바라보는 다이고를 우타키가 힐끗 쏘아보았다.

"그래서, 요괴랑 계약했다고?"

"마시로 누나의 어둠 속에 구마…… 그 비늘 요괴가 있었어. 주정뱅이 두목을 없애는 걸 도와주는 대신 당장은 베지 않기로…… 약속했지."

웅얼거리는 다이고의 말을 들으며 우타키의 눈빛이 더욱 험악해졌다.

"너, 생각이란 걸 하고 한 짓이냐!"

"구마는 마시로 누나를 지켜 주고 있어."

225

우타키가 고개를 절레절레 저었다.

"그래도 요괴는 요괴다. 사람이 마음에 어둠을 품지 않는 것, 요괴가 그 어둠에 달라붙지 않는 것…… 그것이 얼마나 어려운지……."

뒷말은 한숨으로 삼켜 버렸다.

기나긴 세월을 살아오면서 처절한 싸움을 셀 수도 없이 해 온 우타키다. 요괴와 인간에 대해서는 분명 신물이 날 정도로 잘 알고 있을 것이다. 다이고도 그건 모르지 않았다.

"하지만 너도 생각해 봐……."

다이고는 끈질기게 물고 늘어졌다.

"이 둘은 서로에게 빛이나 다름없어. 그런 둘을 억지로 떼어 놓는 건…… 구마가 요괴라고 해서 무조건 나쁘다고 단정 짓고 검으로 베는 건, 난 못 해. 그리고 싶지도 않고."

우타키는 험악한 얼굴로 팔짱을 꼈다. 날카로운 눈빛은 다이고의 의견에 동의할 수 없다고 말하고 있었다.

"우타키, 아무리 검으로 베고 또 베어도 어둠은 계속 생겨날 거야. 하지만 인간에게는 어둠도, 어둠을 지우는 빛도 있어. 그 빛을 분명 찾아낼 수 있을 거야. 나는 그렇게 믿고 싶어."

다이고는 필사적으로 설득할 말을 찾았다. 우타키가 이해해 주기를 바라면서.

"네가 전에 나한테 말했지? 검이 어둠을 보여 주는 이유를 스스로 찾으라고. 아직 확실하게 말할 수는 없지만…… 검의 계승자가 어둠을 보는 건 빛을 찾아내기 위해서라고 생각해. 어둠을 알아야 빛도 보일 테니까. 어둠이 깊을수록 빛은 작고 약해져. 하지만 반드시 빛은 있어. 나는 그렇게 믿어. 믿음을 가지고 빛을 찾아내는 것이 계승자의 역할일지도 몰라."

진지하게 말하는 다이고를 우타키는 잠자코 보고만 있었다. 그 눈빛에서 어느덧 날카로움은 사라져 있었다.

다이고는 계속 말을 이었다.

"어둠을 없애는 검과 빛을 찾아내는 계승자가 모두 있어야 진정으로 누군가를 구할 수 있는 거지. 그래서 둘을 일심동체라고 하는 거 아닐까?"

한동안 침묵하던 우타키가 입을 열었다.

"옛날에 어떤 계승자가 그러더군. '계승자는 어둠의 밑바닥에서 빛을 찾아내는 자'라고."

우타키의 두 눈이 먼 곳을 보는 듯 아련해졌다.

"우타키, 나는 아무리 어둠이 깊어도 그 안에서 빛을 찾아내고 말 거야. 그리고 나서 말해 주겠어, 빛은 분명히 있다고. 그러니까 괜찮다고, 어둠에 지지 말라고."

우타키는 눈이 부신 듯 눈을 가늘게 뜨고 다이고를 보았다. 한동안 눈과 눈이 마주쳤다.

우타키가 다시 고개를 돌려 마시로를 살폈다.

그림자 속에서 구마가 걱정스러운 듯이 머리를 내밀었다. 그에 반응하듯 마시로가 눈을 떴다.

"더는 말하지 않겠다. 검을 쓰는 건 너니까."

우타키가 나직이 중얼거렸다. 다이고는 옆에서 본 우타키의 얼굴에 얼핏 미소가 스치는 걸 본 것 같았다.

"어, 그럼……."

"다만 한 가지, 앞으로 두 번 다시 검을 쓸 때 망설이지 마라. 네 몸이 견뎌 내지 못한다."

평소와 같은 담담한 말투였지만 우타키 나름대로 다이고를 인정한다는 뜻이었다.

다이고는 뛸 듯이 기뻤다.

"다이고……?"

마시로가 불안한 목소리로 다이고를 불렀다.

다이고는 마시로와 구마에게 헤벌쭉 웃어 보였다.

"걱정 마, 주정뱅이 두목은 이계로 돌아갔으니까. 구마가 도와줬어."

"어? 구마가?"

구마는 마시로의 그림자 속에 엎드려 눈만 내밀고 있었다.

"구마, 약속대로 널 베지는 않을 거야. 하지만 혹시라도 마시로 누나가 어둠에 삼켜지거나, 네가 멋대로 날뛰는 날에는…… 그땐 망설이지 않고 널 벨 거야. 마시로 누나도 그건 알아 둬."

마시로가 고개를 끄덕였다.

"응, 알았어. 구마, 넌?"

구마도 고개를 끄덕였다.

"우타키, 이렇게 되면 마시로 누나가 구마를 부리는 게 되는 건가?"

"부린다는 건 힘을 써서 억지로 굴복시킨다는 뜻이다. 이름을 주는 것과는 달라. 이건…… 그 존재를 받아들이고 이끌어 주는 것이다."

옆에서 조용히 귀 기울이고 있는 마시로를 돌아보며 우타키가 물었다.

"그럴 각오는 돼 있겠지?"

"물론이지!"

마시로가 힘차게 대답했다.

구마가 스르르 그림자 속으로 들어갔다. 마시로가 위험에 처할 때마다 그림자 속에서 언제고 마시로를 지켜 줄 것이다.

'부탁해!'

다이고는 마음속으로 말을 건넸다. 그리고 마시로를 돌아보며 아쉽다는 듯 말했다.

"적어도 누나의 어둠만이라도 떨쳐 냈으면 좋았을 텐데."

하지만 마시로는 고개를 휘휘 저었다.

"아니, 됐어. 어둠은 이미 내 일부가 됐거든."

"마시로 누나."

다이고는 진지한 목소리로 불렀다. 마시로의 깊은 어둠을 들여다본 다이고는 이 말만은 꼭 해 주고 싶었다.

"그 사고는 누나 탓이 아니야."

마시로의 눈이 휘둥그레졌다.

"누나는 잘못한 거 없다고."

다이고는 딱 잘라 말했다.

마시로는 다이고를 물끄러미 바라보다가 깊은 한숨을 내쉬었다.

"너, 되게 건방진 거 알아?"

마시로가 피식 웃었다.

열하나
둘이서 함께
★

마시로와 헤어지고 나서 다이고는 우타키와 함께 버스 정류장으로 향했다. 도무지 걸어갈 기력이 없었다.

다이고가 벤치에 쓰러지듯 주저앉자 우타키는 냉큼 다이고의 몸 안으로 들어가 버렸다.

'그 액막이 부적이 사라진 게 너한테는 참 잘된 일이네.'

'나도 중상을 입었다. 잠시 네 안에서 쉬어야겠다.'

'우타키, 내 몸에 무늬가 생겼다는 건, 나도 이제 마력을 쓸 수 있다는 거지?'

다이고는 자신의 팔을 살펴보았다. 지금은 사라지고 없지만, 조금 전까지만 해도 그 팔에는 낯선 무늬가 선명하게 빛나고 있었다.

'너의 마력은 아마 공명일 거다.'

'공명?'

'상대방의 뜻을 이해하고, 감정을 함께 공감하고, 함께 걷고자 하는 거다. 그러면서 상대의 힘을 한층 강하게 하는 것이지.'

'뭐? 상대방을 강하게 한다고? 그게 다야? 그럼 나는? 나는 어떻게 되는 건데?'

'몰라, 나한테 묻지 마.'

"말도 안 돼……."

'쳇! 하늘을 날기도 하고, 다른 폼 나는 주술도 써 보고 싶었는데.'

다이고는 속으로 투덜거렸다.

'참, 구마는 마시로 누나한테 이름을 받자마자 힘이 돌아왔잖아. 그건 왜 그런 거야?'

'영혼이 안정된 거지. 안정된 영혼이 힘을 만들어 내는 건 당

231

연하다.'

'히야, 이름이란 게 그렇게 대단한 거구나.'

'이름은 영혼을 수호한다. 이름을 지어 준다는 건 주술적인 관계를 맺는 거다. 하지만 인간과 요괴가 그런 관계를 맺는다는 말은 들어 본 적이 없다. 과연 둘은 어떻게 될지…….'

'믿어 보자고. 마시로 누나가 자신의 어둠을 잘 다스릴 수 있을 거라고.'

'어둠을 다스린다……. 그게 그리 쉬운 일이 아니야.'

우타키가 떨떠름한 목소리로 말했을 때 버스가 왔다.

자리에 앉자마자 졸음이 밀려왔다. 다이고는 눈을 쓱쓱 비비며 가까스로 버텼다.

'처음으로 너 자신의 마력을 썼으니 피로가 극심할 거다.'

'몸에 구멍까지 뚫렸던 너만 하겠냐.'

말은 그렇게 했지만 지금은 눈만 감으면 당장이라도 곯아떨어질 것 같았다. 점점 무거워지는 눈을 억지로 부릅뜨면서 다이고는 다시 물었다.

'주정뱅이 두목이 말했던 그놈은 누구야? 그 녀석이 수호 바위…… 관문지기석을 파괴한 범인이지?'

'그렇다.'

'분명 아주아주 강한 녀석이겠지?'

'그렇다.'

'제발……! 이건 산 넘어 산이잖아!'

달리는 버스에서 기분 좋게 흔들리면서 다이고는 입이 찢어져라 하품을 했다.

'하지만 뭐, 상대가 누구든 우리가 하는 일은 달라지지 않겠지. 안 그래?'

요괴를 베고, 인간의 마음에 깃든 어둠을 물리친다.

그리고 하나 더, 빛을 찾아낸다.

'어떻게든 되겠지, 뭐. 우리는 혼자가 아니니까.'

'다이고, 그만 떠들고 잠이나 자라.'

깊은 안도감에 휩싸인 다이고는 순식간에 잠에 빠져들었다.

〈3권에서 계속〉

〈검의 계승자2─빼앗긴 이름〉을 도서관에 희망도서 신청해 주세요! 사은품을 드립니다.

검의 계승자 1

이계에서 온 소년

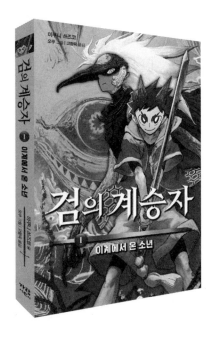

요괴를 베는 '신검'의 계승자 다이고, 인간의 어두운 마음을 먹는 요괴와 맞서 싸우다!

"나 혹시…… 엄청난 괴물을 몸에 들인 건 아닐까?"

인간의 육체를 빼앗아 마음속에 깃든 어둠을 먹고 힘을 키우는 존재, 요괴.
결계가 파괴되면서 이계에 사는 요괴들이 인간 세상으로 넘어오고,
요괴를 베는 검을 손에 든 소년 다이고는 이계에서 온
수수께끼의 소년과 함께 요괴와의 전쟁을 시작한다!

암호클럽

목숨을 건 궁극의 서바이벌 게임

늑대인간 마피아 게임

¹절체절명! 백작과의 한판 승부

²최후의 기사는 누구?

³생존율 1%의 서바이벌

여름 캠프에서 돌아오던 하야토와 친구들은 산사태로 수수께끼의 저택에 발이 묶인다.
자신을 백작이라고 소개한 저택 주인은 '늑대인간 마피아 게임'의 시작을 선언한다.
사람으로 둔갑한 늑대인간을 찾아내라! 찾지 못하면 매일 밤 한 명씩 잡아먹힌다!
승리하기 전엔 누구도 탈출할 수 없는 목숨을 건 궁극의 서바이벌 게임이 시작된다!

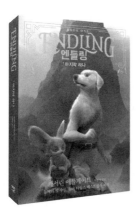  

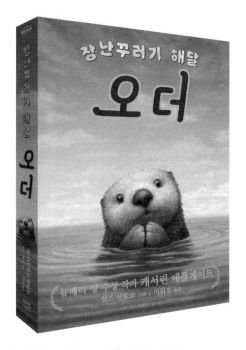